最強エルフたちと送る最高のスローライフ

ELF & SLOW LIFE

～転生した200年後の世界の中心にいたのは、かつて俺に仕えていた6人のエルフでし…

ELF & SLOW LIFE

前巻までのあらすじ

STORY

人間がエルフを支配し、奴隷として売買している世界。
完全回復薬を発明し巨万の富を得たフィセルは、ある日エルフの競売場に連れていかれ、
そこで傷ついたエルフのヴェルを落札する。
さらに双子のバンとアイナ、ダニング、シズクを買い取り、
孤児のエルフ・ルリも加わって、7人の共同生活が始まった。
しかし、エルフの解放を目指して頑張ったフィセルは、無理がたたって若くして死んでしまう。
200年後、フィセルは転生。そこはエルフと人間が共存する世界となっていた。
フィセルは6人のエルフと再会し、再び共同生活を始めるが、
6人にはフィセルに言えない秘密があるようだった……。

登場人物紹介

CHARACTER

フィセル

本作の主人公。完全回復薬の発明で得たお金で6人のエルフを雇う。
発明以外のことは全くダメで、特に運動は苦手。
死亡してから200年後の世界に転生し、18歳の時に前世の記憶を取り戻す。

ヴェル

エルフの女性メイド。家事全般をそつなくこなす。
スタイルが良く、フィセルをイジるのが趣味。
200年後の世界では国家の要職についていたようなのだが……。

バン

エルフの男性剣士。同じ剣士のアイナの双子の兄。
美青年で凄腕。主人に忠実だが、実はドS。
200年後の世界では国王の護衛をしているというが、詳細は不明。

LIFE

アイナ

エルフの女性剣士で、バンの双子の妹。金色の剣を振るう。
剣技はすごいが、ややドジっ子でいじられ役。
２００年後の世界では王国の騎士団長を務めていた。

シズク

美貌の女性諜報員。エルフ６人の中でいちばんセクシー。
口が悪く、下ネタも辞さない。
２００年後の世界では諜報機関に勤めている模様。

ダニング

エルフの男性料理人。その腕前は王侯貴族も虜にするほど。
ぶっきらぼうだが、根は優しい性格。６人の中でいちばん年上。
２００年後の世界では王城の料理長だった。

ルリ

戦場でアイナに拾われた孤児。天真爛漫な性格で明るい。
２００年後の世界ではS級冒険者になっているが、
怒ると魔力のコントロールができなくなることがある。

目次

ELF & SLOW LIFE

第三部

第七章　七人の日常

『●○、あなたは転生が可能であると思いますか？』

目の前に立つ、顔がぼやけてよく見えない一人の女性は俺にそう告げる。

これは夢の中だろうか。今でも俺の耳に纏(まと)わりつく凜とした、でもどこか儚(はかな)げで懐かしい声が俺の鼓膜を振動させる。

その懐かしさから恐らく以前、俺はこの女性と同じやり取りをしたことがあるのだろう。

転生魔法。

それはかつて俺の仕えた、一人の人間が人生を賭けて到達した唯一無二の魔法。

俺の知る限りでは、転生魔法を成し遂げたのはこの世でただ一人、主(あるじ)のみだ。

「思いません。でも……、信じてはいます」

だから俺は今回も昔と同じように、彼女に向かって無機質にそう告げた。

その瞬間、目の前の風景が黒く塗りつぶされて景色が回る。

俺が無意識に目の前の女性に手を伸ばすと、忘れたくても忘れられない悲痛な叫びが響き渡った。

『ねえ、答えてよ！　あの時私に言った言葉は嘘だったの？』

違う、嘘じゃない！

頼むから信じてくれ。

そう言葉を紡ごうとするも声が出ない。

そんな俺を置いて、ぼやけた顔の女性は涙を落としながら叫び続けた。

『私はこんなにあなたを愛していたのに、あなたは私を利用しただけだったの？』

違う！　俺は、俺は本当にあなたの事を……。

とっさに耳を手でふさぐが、彼女の声は俺の心臓に響き続けた。

逃げるな。そう言わんばかりに。

あなたは自分の役目を忘れたのですか？

すると今度は違う女性の声が俺の心のうちから響いてきた。

俺ら六人をまとめていた、銀髪のエルフの声が。

「忘れたわけじゃない、俺はただ……」

くしゃくしゃの顔で何とか絞り出せた声は、まるで自分自身に言い聞かせるように弱弱しく吐き出されたが、すぐに心の中の声に押しつぶされてしまった。

答えなさい、あなたの一番大事な人は？

「あ、主だ……」

ならばあなたがするべきことは何かわかりますね？

『バン……。あなたは前に転生を信じると言いましたね。もし私がエルフに生まれていたらこんな思いはしなかったかしら。いや、私が人間だったからこうして会えたのかもしれません』

もう嫌だ、やめてくれお願いだ……。

頼むからもうこれ以上はやめてくれ。

早くしなさい、あなたの役目を思い出しなさい？

『バン。……愛しの我が騎士（ナイト）よ、もし生まれ変わることができたら私は、私は……』

「うわぁあああああああ！　はっ、はぁ、はっ」

俺は上にのっている毛布を跳ね除け、思わず飛び起きた。

時計を見ると午前五時。

いつもより幾分早い時刻だ。

「……最悪の夢だ」

額ににじむ汗を右手で払い、目に溜まる涙を払いのける。

服の下にはびっしょりと汗がにじんでおり呼吸も荒い。

もう何度目かわからないこの夢。

一生忘れることのできない現実。

耳に残る声も、綺麗な水色の瞳もまだ覚えている。

肌と肌が触れあった感触さえも。

忘れられない俺の宝物（罪）。

思わず震える掌を眺めるが、そこにはもう何度も潰れて、治ってを繰り返してできた、マメに汗がにじんでいるだけだった。その後力なく掌を閉じて額の前にかざす。

「はぁ、シャワーでも浴びてこようか」

もう二度寝するほどの気力もない俺は、力なくベッドから立ち上がり、風呂へ向かう準備を始めた。

この嫌な汗を流して今日という一日を、命を賭して守ると誓った主と過ごす貴重な一日を、有意義に過ごすために。

これは、それぞれの思いを胸に一つ屋根の下で暮らす、六人のエルフと一人の人間の物語。

シャワーを浴び、服を着替えた俺は、いつもより少し早く家の外に出て体を動かしていた。この家でみんなが集結する前から、主と二〇〇年越しの再会を果たす前から続けていたことだから、やらないとむしろ気持ち悪くなってしまうほどの習慣である。
二〇〇年前は三人で行っていた鍛錬だ。
まだ昇ったばかりの太陽が森を照らす中、柔軟体操を終え、軽く剣の素振りをし始めて少し経ったくらい。時刻で言えば朝の六時くらいに、俺と同じ色の髪と瞳を持った一人のエルフがゆっくりと歩いてくるのが見えた。

俺のただ一人の肉親である妹の姿が。

彼女は長い髪を後ろで一纏めにしながら、腰に木刀を携えてゆっくり歩いてくる。

「あれ、兄さんいつもより早いですね」

「ちょっと今日は寝覚めがよくてね」

「そうですか。じゃあ準備をするので、ちょっと待っていてくださいね」

「うん、終わったら教えてくれ」

妹であるアイナはそう言って準備体操を始めた。

朝早くからいきなり体を動かしては怪我をしてしまう確率が跳ね上がるし、思うように動かない。

だからこそ準備運動は大事だ。

大事なのだが、今日の俺はそのわずかな時間ですら苛立ちを感じてしまっていた。


アイナは少し前まで王城近くの騎士寮に住んでいたから、この家で寝泊まりしていた俺とそこまで接点がなかったけれど、こうして主と再会できたことで、また兄妹揃って一緒に体を動かすことができている。

それは非常に喜ばしいことだし、毎日が充実しているけれど、最近になって少し嫌な夢を見るようになってしまった。目をそらしてはいけない現実が夢となったものを。

「……兄さん、何か不機嫌ではないですか？　いつもと感じが違いますよ」

そんな俺を見て地面に座り準備体操をしている彼女は、顔をこちらに向けることなく、俺に話しかけてきた。

　完全になにか勘づかれているようである。

「そんなことないよ。いつも通りさ」

「それならいいですけど……。フィセル様にはあんまり悟らせないようにしてくださいね。あの人、そういうところで無駄に敏感なので」

「わかってる」

「よし、じゃあ兄さんが体を動かしたくてうずうずしてるみたいなので、さっそく始めますか！」

　柔軟を終えたのかアイナはぴょんと飛び上がり、地面に置いてある木刀を手に握ってこちらの方を見つめた。

　俺と全く同じ碧色の瞳。主に再び明かりをともしてもらった綺麗な瞳で。

「……アイナには敵わないな。よし、かかって来い！」

「では剣でもそう思わせてあげましょう！　行きます！」

　その言葉を言い終えたと同時にアイナが地面を蹴る音が聞こえる。

　そして次に響いたのは、木刀と木刀がぶつかり合う音だった。

　カンッ、カンッ！　と乾いた音が森の中でも少し開けた広場に響く。

次第に汗が頬を伝うが、朝流れたものとは違う、なんとも晴れやかで心地よい汗だ。

この瞬間だけは嫌なことをすべて忘れて無心で過ごせる。

「そこっ!! 隙あり！」

「っと！」

少し隙を見せてしまったか。だけどまだ建て直せる。

流れる汗をぬぐって、もう一度強く木刀を握りなおす。

「今、気が緩みませんでしたか、兄さん。考え事をできるほど余裕があるのですか？」

「まぁ少しくらいなら……なっ！」

アイナが下ろした剣筋を払いのけ右足を強く踏み込む。

「くっ、なら!!」

「ほら、アイナも隙があるぞ！」

少し体勢を崩したアイナに一太刀(たち)入れようと、踏み込んだ右足で強く地面を蹴ろうとしたときであった。

「お？ いたいた。おーい、バン、アイナ！」

俺の背後から素っ頓狂な声が聞こえた。

俺は振り下ろそうとした剣を止め後ろを振り向く。

そこには一応寝間着からは着替えたものの、ぼさぼさの髪でここまで来たと思われる少年が手を振ってこちらにアピールしていた。

間違いない、俺たちが二〇〇年もの間、待ち続けた一人の人間だ。

「ちょっと時間もらってもいい？」

アイナと俺は汗をぬぐって少し呼吸を整えた後、この共同生活が始まってからは初めて朝の鍛錬の時間に顔を見せた、元雇い主で現俺たちの同居人である少年の元へと駆けていった。

「はい、今行きます!!」

俺たちがすぐに主の元へ向かうと、彼は少し申し訳なさそうに頭を掻きながら、俺たちの目を交互に見た。

「いやごめんね。姿を見かけたからつい声をかけちゃったけど、邪魔しちゃったね」

「いえ、全く問題ありません。問題があるとすれば、その、今私は汗をかいてしまっているので、あまり近くには……」

アイナが少し恥ずかしそうに、持ってきてあったタオルで顔を拭きながら顔を隠している。

確かに主に汗臭いって言われたら、二度と立ち直れないであろう、我が妹は。

女性としても、好意を抱く人の前で汗をだらだら流すのは、ちょっと嫌に違いない。

そんなアイナの発言を聞いて主はどう答えるんだろうと思い眺めていると、主はあまり納得はいっていないという顔をしながら口を開いた。

「別に俺は全然、全く気にしないよ！　むしろ汗でいい感じになってると思うよ！」

そして彼は自信ありげに右手の親指を立ててグッドポーズをした。

「え？　そ、それはその、そういうことをあまり女性には言わないほうが……」

その言葉を聞いた妹は、先ほどよりもさらにタオルで顔を隠した。

主……、まさか違う形でアイナの心を抉るとは。

「え？　な、なんかごめん、変な意味はないから許して！」

いや、その言葉を百人に聞かせたら、九十九人は気色が悪いと言うと思いますよ、冗談抜きで。

と言おうとしたが、俺は寸前のところで言葉を飲み込んだ。

「じゃあすぐ用件だけ済ませちゃうけど、その、昔みたいに俺も朝の鍛錬に、すこーしだけ交ぜてほしいなって」

今の俺の何がいけなかったんだと言いたげな視線を、なぜか俺に向けながら発した言葉に俺とアイナは目を合わせた。

「……なにさその『えっ、お前なんかが何のために？』みたいな顔は」

「そ、そんなことは思っていませんよ主。ただ急にそんなことを言い出してびっくりしただけです。でもなんでまた急に」

「俺だって一応人並みには戦えるようになっておきたいんだよ。ほら、自由な時間もたくさんあるしさ」

主はそう言って腕をまくり、貧弱で青白くすぐに折れてしまいそうな腕を俺たちに笑いながら見せた。どうやらあのときと同じく貧弱なのは変わっていないようだ。

「そうですか……。体を動かすこと自体は悪いことではありませんし、良いと思います。でも危ないことがあったら私たちがいつでも護衛しますからね！」

「うん、ありがとう。でもいずれは自分の身は自分で守らなくちゃいけない時が来るかもしれないからね。今のうちにできることはしておきたいんだ」

そして主は少し真面目な顔をしてそう呟いた。

いずれは自分の身は自分で……か。

ヴェル、恐らくご主人はほとんど気づいているよ。

いつか別れが来てしまうかもしれないことを。

「わかりました。俺もアイナも昔と違って毎日できるわけではないですが、それでも良ければいつでもお相手いたしますよ」

「そうです！　いつでも言ってくださいね！」

「うん、ありがとう。俺も多分毎日は無理だからさ。……気持ち的に」

「ふふっ。昔は雨が降るとそれはもう嬉しそうにしていましたからね。今日は鍛錬休めるって」

「うっ！　そ、それはその、ふふっ、懐かしいね」

「最後の方までフィセル様の逃げ癖は抜けませんでしたもんね」

そうして昔のことに想いを馳せていると、先ほどの雰囲気はどこに行ったのやら、いつもと同じ柔らかな笑みを浮かべて無邪気に主は笑った。

「主が言い出したことでしたし、さぼるのも主次第だったのに、結局何年かは続けましたからね。今回も頑張りましょうか」

「うん、じゃあ明日からよろしく頼むよ!!」

「いえ、どうせなら今日からやりましょう？　せっかく外に出たんですし」

「え……？　いやそれはちょっと心の準備が……、そ、それにほら！　今剣持ってないし！」

そして先ほどの笑顔のまま素早くクルっと半回転して小屋の方を向いた主を、俺とアイナががっしりと押さえる。

先ほど話に出た逃げ癖が今もあるのを俺たちは知っている。

「ぬぐぐっ！　きょ、今日はそんなつもりじゃ……」

「じゃあ私の木刀を貸してあげます。ほら早く構えてください！　特別授業の時にも思いましたけど、昔私たちが教えたことほっとんど忘れてるじゃないですか！　覚えていたのは変な癖だけでしたよ！　私びっくりしましたもん」

「まぁ確かに主の剣筋はなんか不気味ですね。どっから手をつければいいのかって感じでしたし、剣筋が生き物のように思えますから。あっ、悪い意味です」

「いやなんでそんな悲しいこと言うんだよ？　君達もう俺の従者じゃなくなったからって生意気になりやがってぇ！　いいよ、やってやるよ！　ほらかかって来い、バン！」

そして相変わらずのスイッチの入りやすさである。

こういうよくわからないところで、子供っぽいところは変わっていないな。

昔みんなでやったボードゲームでもそうだった。

だけど、そんな変わってない主を見て俺はつい頬が緩んでしまう。

「よし、じゃあ行きますよ」

「おう、いつでも来……、痛ぁ？　ちょ、肩攣った!!　いててて！」

「「え？」」

だが、数秒前までの威勢はどこに行ったのか。

木刀を構えた俺の目の前で、主は急に地面に横たわりうごめき始めてしまった。

俺とアイナは主に何かあったのかとすぐに身構えるが、どうやら肩の筋肉が攣ってしまったようである。

「フィセル様!?　ど、どうしたのですかまだ何もしていませんが……」

「肩が攣った！　いってててて何で!?」

目の前でもだえ苦しむ主は本当に何もしていない。

しいて言うならアイナにもらった木刀を振り上げただけだ。

本当に意味がわからないが、彼からしたら相当重かったのかもしれない。

二〇〇年前も子供の剣を振るのがやっとの非力な人だったから。

「ちょっ、え!?　肩の筋肉って攣るの？　痛ってて！　ちょ、アイナたち助けて、どうしてこうなったんだ本当に！」

俺とアイナは少しの間苦しむ主の姿を見届けた後、まだもがく彼を見下ろしてこう言った。

「「準備体操をしていないからです」」

久々に兄妹らしく揃った声は、醜くもがく主にのしかかったのであった。

バン達と朝、体を動かすようになってから一週間ほどが経過した朝を迎えた俺は、今日も全身の痛みと戦っていた。

この一週間で得た成果らしい成果は筋肉痛だけだし、そんな短期間で上達するなんて少しも思っていないから、続けただけでも偉いと思う。

そもそも一般人レベルまで行くのにどれくらいかかるのかってレベルだ。

だけどこのエルフたちにはかっこ悪いところを見せたくない。

そんな思いがさらに後押ししてくれている気がした。

よし、この調子だ。頑張れ俺。

皆がいなくても、一人で魔物と戦えるくらいに強くなるんだ。

なんて考えながら、今日も朝の鍛錬を終えてリビングルームで朝食のトーストにかぶりついていると、扉から寝間着姿のルリが入ってくるのが俺の目に映った。

ぼさぼさの髪に噛み殺したようなあくびを添えて。

……本当にSランク冒険者なのか、この人？

ちなみに今リビングルームには俺だけで、ヴェルは自分の部屋で別の事をやってるし、ダニングは厨房にいる。

アイナとバンは鍛錬が終わってすぐに二人で出かけて行ってしまったから、多分王国軍のところだろう。今頃王城ではクレア王女が大喜びで飛び回っているに違いない。

　そして恐らくだがシズクも王都だ。

「ん？　あ、お兄ちゃんおはよう！　口にジャム、ついてるよ！」

「え？　ありがとう。うん、これでいいかな？　おはよう」

　寝ぼけ眼（まなこ）から急に開眼したルリに指摘された口元を服の袖で拭って、ルリにおはようと言う。

　するとルリは服で口元を拭った俺を見て少し怪訝（けげん）な顔をした後、俺の元へ近づいてきて俺の頭の上に腕を置いた。

「言ってくれればタオルとか持ってきたのに……。まぁいいか、私も朝食とってくるね！」

「ちょ、おいルリ！」

「むふふ～」

　俺が声を上げると同時に背を向けて嬉しそうな声と共に厨房へと向かったルリを見届けながら、また一口、二口と嚙みちぎってコーヒー（微糖）で流し込んでいると、すぐにまたルリが現れて俺の前に座った。

　ここまでの仕草はまんまシズクである。

　よりにもよって一番真似してほしくない奴の動きを引き継いでしまっている。

　というかそんなことはさておき、ルリと二人きりになるのは久しぶりだ。

　もしかしたら冒険者ギルドで再会したとき以来かもしれない。

　……いや、違うな。

こいつ再会からこの小屋に引っ越してくるまでの一週間、前の家にずっと入り浸ってたじゃないか。おかげさまでヴェルに黒歴史を発掘されずに済んだけど、あの一週間は本当に大変だった。

帰れって言っても帰らないわ、寝てたら勝手にベッドに入ってくるわ、気がついたら合鍵を勝手に作られてるわ。

一番きつかったのは校門前での待ち伏せ事件だな。

ルリはこんなでも、王国ではかなりの有名人だから学校がパニックになって大変だった。大変だったことって案外簡単に忘れるもんだなぁ。

「いっただっきまーす！　あむっ!!」

「いい食べっぷりだね……。やっぱりたくさん消費するんだね」

最近の出来事に想いを馳せながら、俺は目の前で大きく口を開いたルリの机の上に視線をずらす。

そこにはサラダや卵、トーストが五枚にソーセージ、ベーコンやスープなど、朝動いた俺ですら多分五人くらい腹を満杯にできるほどの量が置かれていた。

多分これを用意するためにダニングは厨房で準備してたんだろうな。

「朝はやっぱりたくさん食べないとね！　あっ、お兄ちゃん、そんな見てもあげないよ」

「いや、俺はもうトースト一枚でお腹いっぱいだからいいや。ところでルリは今日お休みなの？」

ルリはそう言って手で大量の朝食を覆い隠すような仕草をして見せたが、もはや眼中にもない俺はコーヒーを啜りながらルリにいろいろと尋ねてみることにした。

「ううん、この後行ってくるよ。というかそもそも私に休みとかそういうのはあんまりないかな。

好きな時に依頼受けて、休みたいときは休むって感じだよ。……まぁたまにSランク冒険者として招集されることはあるけれど」

ルリはそう言いながら少し不満げに眉をひそめてサラダを噛み切った。

綺麗な白い歯だ。

というか、本当に冒険者が関わる話になったときだけ大人っぽく見えるのだ。

普段の精神年齢はほぼ六歳の時のまんまな気がするけど。

だが今の彼女はそんな中身に強大な力とオトナの体を併せ持つから、日常生活でも結構あれなのだ。

ギャップもだし、ボディタッチが多いからその……うん、結構やばい。王国で人気があるのも頷ける。多分本人は自覚してないいんだろうな色々と。

「なるほどね。というかそもそも冒険者って今何をするのが仕事なの？　俺、記憶が少し混ざっててあんまりよく知らないいんだけど、今魔王はいないいんだよね？」

そんなルリについてはさておいて。

今ルリに聞いたのは転生した俺が疑問に思っていた点の一つだ。

二〇〇年前はまだ魔王が生きていたし、冒険者はそんな魔王の手先である魔物たちを討伐するのが主な仕事だった。

それにあまり言いたくはないが当時エルフを攫（さら）っていたのも主に冒険者だ。

彼らはボロボロになった、元エルフの国にズカズカと攻め入り奪えるものは奪い、エルフも魔物も自分の手柄として富と名声を得ていた。

だから俺はあまり冒険者に好印象を抱いていなかった。

そんな自己中心的で自分のテリトリー以外を踏み荒らす冒険者に。

ただ、俺が開発した回復薬の材料には魔物から採取されるものも多くあったから、彼らがいなかったら今の俺はないというのが少し悔しいというか、もやもやとするところだったけど。

そんな昔のことは置いといてだ、今のこの世界に魔王はいない。

と学校では習っている。

一応まだ魔物はいるみたいだけど、イマイチ魔物や冒険者についてもよくわかっていないのが現状だ。

じゃあ一体今の冒険者は何をしているのか。

魔物はなぜまだ存在するのか知らないままだったのだ。

「うん、今のこの世に魔王はいないよ。今から大体五、六〇年くらい前かな？　人間とエルフが力を合わせて討伐したんだ。もともとその時くらいには魔王の勢力は相当弱ってたからね」

「人間とエルフが協力して……か。言葉の響きは素晴らしいね。でもまだ魔物はいるんだよね？　ほら、ルリはこの間大きなトカゲを持ってきてくれたじゃないか」

俺はアイナとルリが前に同時に持ってきた二体の巨大トカゲを頭に浮かべた。

あれは多分魔物だけど、一体何者なのだろうか。

「うん。魔王を討伐したのはよかったんだけど、その時に魔王は一つ置き土産をこの世に残していったの。それが今私たち冒険者が戦い続けている『モンスターゲート』と呼ばれるものなんだけど、うーんと、そのゲートは突然この国に出現して魔物を吐き出して消えるワープゲートみたいなものかな」

「またそんなめんどくさいものを……」

俺がそう言うと、ルリは「本当だよ」と小さく言った後に話をつづけた。

「そもそも魔王自体の能力は魔物をわんさか生み出すだけだったからね。でもそのゲートは今の技術でも先に予測することはできないし、放っておいたら勝手に縄張りを形成してどんどん力を持っちゃうから中々鬱陶（うっとう）しいの。だからこそフットワークの軽い、王城とかを守る必要がない冒険者がこうして今も必要とされてるのかもね」

「なるほどね。アイナたち騎士団とは全くの別物ってことか」

「そういうこと！」

俺はトーストの最後の一片を放り込んでコーヒーで流した。

目線をテーブルに落としてみるともうルリの朝食は残すところ三分の一ってところだ。

するとルリはまた少し、曇った表情をして重そうに口を開いた。

「魔物って知性を持ったり言葉を話すようないわゆる『魔人』っていうのもいたんだけど、魔王が消滅したら魔人もみんな消えちゃってね。だから今は魔物しかいないんだ」

魔人……。

そういえば二〇〇年前もそういう類の連中がいたな。

魔物よりも頭がよくて人間のような風貌をした者たちが。

「もしかして俺なら魔物ともわかり合いたいって言うと思った？」

俺がそう言うと、ルリは口をとがらせて目を伏せた。

「……ちょぴっとだけ」

「二〇〇年前の俺の親父は魔物に殺されてるから、俺は言わないと思うよ。それに魔人はともかく魔物はそもそも言葉が通じないしね」

「そう……、だよね。よかった」

俺は言い終えた後、目線をルリから逸らした。

『親父は魔物に殺されてるから』

さっき自分で言った言葉が頭に残る。

エルフの中には人間に親を殺された者も多いだろうに、今こうして共存できているのは少し変な感じがする。ましてや寿命の長いエルフがだ。

それはもちろんこの六人のエルフたちが頑張ったというのもあるがやはり何かカラクリがあるのは間違いない。

いやもう考えるのはやめにするんだったよな、俺。

俺が軽く頭を振って邪念を追い払うと、ルリは俺を見てフォークを咥（くわ）えながら首をかしげた。

「でも急にどうしたの、お兄ちゃん？　もしかして冒険者に興味を持ったの？」

「少しね。ほら、冒険者になってれば、俺も日銭くらいは稼げるようになるかもしれないじゃんって思ってさ」

　だがこれを聞いたルリは驚いた様子でフォークをサラダに突き刺し、身を乗り出した。

「多分お兄ちゃんが冒険者になってもできるのは薬草取りくらいだと思うけど……。それにお金が欲しいんなら私たちがどんだけでも稼いであげるよ！　お金が欲しいならどんだけでもあげるよ！　なんならもう私を一生頼ってくれてもいいんだよ？」

「おい、さりげなく俺を馬鹿にするなよ。いや、でもやっぱり頼りっぱなしはなぁって思ってさ。いつか俺だけで暮らさないといけないときとか来るかもしれないじゃん」

「まぁ意見にはおおむね賛成だけど、私はお兄ちゃんに危険な目にあってほしくないな。冒険者ってやっぱり危ないし」

「でもほら可愛い子には旅をさせよってどっかの国の言葉があるじゃん！　ちょうどいいや、今日一緒に冒険者登録に連れて行ってよ！」

「えー……。ねぇ、どう思うヴェルお姉ちゃん？」

「へ？」

　少し熱くなっていた俺は、ルリが今ここにいるはずもないエルフの名前を呼んだ気がして周りを見渡す。確かに今、ルリはあのエルフの名前を言ったはずだ。

　リビングのドア、いない。

　ルリの後ろにもいない。

　じゃあ残るは……。

「どわぁああああ？　えっ、ヴェルいつから俺の後ろに？」

ちょうど俺の後ろにいた。

気配を完全に殺して作り笑いのニッコリ笑顔を顔に張り付けた完璧メイドが。

「いつから、ですか？　そうですね、ご主人様が先ほど下を向いたあたりです。私がいなくて寂しそうでしたので、後ろの方にてスタンバらせていただきました」

「なんだよいらないよその準備？　もう心臓飛び出るかと思ったんだけど？　あーびっくりした」

バクバクいって鳴りやまない自分の心臓に右手を当てる。

本当に心臓飛び出るかと思ったぞ。

「え、もしかしてヴェルお姉ちゃんが後ろにいるの気づかなかったの……」

「ルリも気づいてるなら言ってよ！」

「えっ、だって気づいてると思ってたから別にいいかなって。私が朝ご飯取りに行ってるときすれ違って、戻ってきたときにはお兄ちゃんの後ろにいたから」

「まじか。………まじか」

「うん」

ルリはそう言ってレタスを口に放り込んだ。

どうやらヴェルはさっきからの俺とルリのやり取りを全部見ていたようだ。

そう考えると少し恥ずかしくなってくる。

「俺はみんなみたいに優秀じゃないから気づかないんだよ」

「私の気配に気づかないのは昔からですよ。話を戻しますが、ご主人様が冒険者登録をするのはいいと思います」

「えー、ヴェルお姉ちゃんまで……」

ヴェルが話を戻すと、ルリが不満げに口をすぼめた。

一方のヴェルはと言うといつも通り平常運転のすまし顔だ。

「このままずっと家にいても暇でしょうし、外に出たほうが見聞も広がるかもしれません。危ない依頼を受けなければ私はいいと思いますよ。それにルリにとってもいいことだと思うのですが」

「私にも？」

ルリがコテンと顔をかしげる。

なんか可愛いなその動き。

「ええ。だってこの六人の中で冒険者ライセンスを持っているのはルリだけですから、ご主人様が依頼を受けるときはずっと一緒にいられますよ？　二人だけで未知の大地を探検。素晴らしい響きではないですか」

「た、たしかに！　おおお、お兄ちゃん今から行こう？　ねえ早く！」

そしてこの掌返しである。

というか、ヴェルが冒険者を勧める真意がわからない。

賛成してくれるのはうれしいんだけど一体何を企んでいる？

「『一体何を企んでいるのかわからない。ふふっ、まったく。君はいつもそうやって俺を惑わすね、このカワイ子ちゃんめ』とでも言いたげな顔をしていますね」

「いや、俺そんなキザなセリフ言わないよ？　君の中で俺のキャラはそんななの、嘘ぉ？　ていうか前半部分合ってるのも普通に怖いんだけど！」

「特に深い理由はありませんよ。ただ、二〇〇年前とは違うこの国を、広い視野で見るのには冒険者が一番適していると思っただけです。ただ自堕落に日々を過ごしていても転生した意味がありませんからね」

「そうだよっ、お兄ちゃん今から一緒に行こう！　ちょっと用意してくるね、ごちそうさま！」

ルリは残りの朝食をかき込む形で胃袋に押し込み、食器をもって元気よく部屋を飛び出る。まるで嵐が去ったかのようだ。

冒険者か。

まさか過去の俺は、自分が冒険者になるなんて思いもしなかっただろうな。

だけど今の俺の立場的に、冒険者ライセンスを取っておくだけでも何か良いに違いない。

「うん、じゃあ今日ルリと一緒に冒険者ギルドに行ってみようかな」

「はい。頑張ってくださいね」

こうして俺は二〇〇年の時を超えて、発明家から冒険者へとジョブチェンジすることになった。

そしてそんな俺の姿を見て、ヴェルはどこか儚げに笑うのだった。

「……冒険者ギルドってこんな騒がしかったっけ」

「うん、いつも通りだよお兄ちゃん」

「いや、絶対違うだろ。絶対ルリの所為だからな」

「何言ってるのさ。なんで私の所為なの？」

「ルリが俺にずっと抱き着いてるからだろ？　いい加減離せ……、このっ！」

「離さないもんね！　今、お兄ちゃんにマーキングしてるんだから。他の女に取られないように。それにあの家でラブラブしてるとお姉ちゃんたちが煩いから今しかないの」

「だからその所為でみんな俺らの方見てるんだって！　ちょっ、ぐぬぬぬ、このっ」

「お兄ちゃんの力じゃ無理だよ」

「いててて！」

今騒いでいる俺ことフィセルは、背後から抱き着き続けているエルフとともに冒険者ギルドに来ていた。

理由は俺が冒険者登録をするためと、ルリが依頼を受けるため。

ルリは先ほど掲示板から、今日受ける分の依頼を選んだようで手に何か書類を持っているが、俺は今から登録をしなければならない。

そのために今受付の順番待ちをしているところなのだが、ギルドに入る前からルリが俺に抱き着いている所為でもうみんなの視線は俺らに釘付けだ。

ただでさえ普通の男女が冒険者ギルド内でいちゃついてるだけでも白い目で見られるだろうに、ルリは冒険者の中でもかなり有名人だからもう注がれる視線の凄いこと。

何度も剝（は）がそうと試みたけれど、ルリの馬鹿力には勝てるわけもなく、諦めて列に立っているのだが、その間も視線だけでなくいろんな声が聞こえてくる。

「なんであの『一匹狼』が他の奴と？」

「そんな、ルリ様に男が……」

「わ、私あの男の子見たことあるよ！　前もルリ様に抱き着かれてたわ」

「いや、どうせ財布だろ、見るからに弱そうだし」

「それもそうね。ルリ様があんな弱そうな男選ぶわけがないもの」

「つーか、あの魔力量じゃ冒険者にすらなれねえだろ。まじで何しに来てんだ？」

「五歳児のほうがあるんじゃないのー。ふふっ！」

「あっはっはは、俺の子供のほうが強いぜ多分！　まだ七歳だけどな！」

「もしかしたら強い女って弱い男に惹かれるのかな」

「弱みでも握られてんじゃねえか、あの狼」

「いや、でも狼ならそんなこと気にせずぶっ殺すだろ。骨も残らねぇよ」

「そうだな。餌かなんかだろ」

「狼に餌ね……。確かにそうかも」

「可哀そうに、ご愁傷様」

……ひどい言われようである。

今耳に入ってきたのはあくまで一部であり、実際はもっと言われているが、これ以上耳に入れると俺のガラスの心にひびが入ってしまう。

いや俺が弱いのは事実なんだけどさ、もうちょぃ希望的観測を持ってくれたっていいじゃないか。

それにたまに聞こえてくる『一匹狼』って何なのだろうか。

みんなかっこいい二つ名持ちすぎではないか？

どうせバンやアイナもカッコいい呼び名があるんだろうな。

そして俺は今も後ろで首筋に鼻を当てているルリに聞いてみることにした。

「ね、ねぇルリって一匹狼って呼ばれてるの？」

俺は生まれ変わったとはいえ未だ十八歳。

そういう二つ名に憧れるお年頃なのだ。仕方がないと言ってくれ。

精神年齢はもっと上だろって？　そこは目をつむってほしい。

二つ名は男のロマンなんだから。

思えば冒険者バージョンのルリの目つきは鋭いし、艶々の茶髪も相まって狼に例えるのは間違ってない気がする。

何より今のこの俺らの体勢が捕食しようとしている猛獣そのものだ。

端から見たら餌と飢えた狼にしか見えないのかもしれないな。

あ、だんだん俺にもそう見えてきた気がする。

「ん？　勝手に他のヒトがそう呼んでるだけだよ。最初の方に、いろんな人から一緒にパーティ組まないかって言われ続けたんだけど、全部断ってたらそういう風に呼ばれるようになっただけだよ」

「なんで断り続けたの？」

「だってみんな私よりも弱いもーん。それにお兄ちゃんたち以外を仲間とは思えない」

「な、なるほど……」

ちょっと気恥ずかしくなった俺がルリから視線を外したと同時に俺は謎の寒気に襲われた。

それは俺以外の冒険者も感じ取ったようで、急にギルド内が静まり返る。

間違いない、この寒気の正体は……。

「ねぇどうしたの？　もしかしてあいつらが言ったことが気に食わなかった？　うん、じゃあお望み通り私があいつら殺してくるから、お兄ちゃんは列に並んでて」

「ちょちょっ、ストップだ、ルリ！」

俺は首から離れかけた彼女の引き締まった腕を反射的に掴む。

そのまま後ろを向くとさっきまでのアホ面はどこに行ったのか、凍てつくような視線と雰囲気を纏ったエルフが俺の後ろにいた。

「私もさっきから気になってたんだよね。あいつらお兄ちゃんを好き勝手言いやがって」

「いやそれ君の所為だから？」

目を見たらわかる。マズイ、完全に冒険者モードだ。

冒険者ギルドで再会したときと同じ猛獣のような鋭い目。

背中に冷汗が伝っていくのを感じる。

そして俺が掴んでいる腕さえも猛獣のそれに思えてきた。

「でも私とお兄ちゃんがラブラブしちゃいけない空気が流れてるのはおかしいよね？　お兄ちゃんが馬鹿にされるのもおかしいよね？　こういうのは一回わからせないと、知らしめてやらないと。お兄ちゃんをばかにするのは許さないって。ね？」

「ちょっ、おまっ？」

「ツブレロ」

一瞬満面の笑みが見えたのも束の間、ルリから悍(おぞ)ましいほどの殺気が放たれた。

その場にいた冒険者はみな腰を抜かし、触ってもいないグラスや窓が割れる。

中には呼吸もままならない者たちもいるようで、もはや地獄絵図だ。

被害はそれだけでは収まらず冒険者ギルド外までにも及び、野生の動物はこの世の終わりを悟って逃げ惑い、割れた窓からいろんな叫び声が入ってくる。

その様子はあたかも魔王が突如冒険者ギルドに降臨したようだった。

「おいルリ？　今すぐその変なのを抑えろ！」

「まだだよ。あいつらまだわかってない」

ルリはそう言ってさらに殺気のような何かを強める。

俺には何も変化がないのだが、周りの冒険者たちはさらに苦しみ始めてしまった。

「いやオーバーキルだよ、みんな泣いているじゃないか！」

「それくらいがちょうどいいよ。魂の根元まで恐怖がいきわたる。そうしなければ人は学ばない。何度も同じ過ちを犯し続けるの」

「ちょっ、え？　何言ってるの、怖い怖い！　というか俺は特に何も感じないんだけど」

「当たり前だよ。お兄ちゃん以外に圧力かけてるんだから」

「なるほど、じゃなくて！　早くやめなさい！　その殺気とやらを抑えなさい！」

さっきまでのかわいいルリは一体どこへ。

かわいらしかった目つきも、もはや目が合った者すべてを凍てつかせるほどにギラついている。

完全に頭に血が上ってるようである。

多分今は亡き魔王もこの殺気を浴びせられたら腰を抜かしていたに違いない。

それほどまでに今の冒険者ギルドは阿鼻叫喚であった。

「ほら、ルリいい子だ。なっ？　俺は周りの目は全く気にしてないから今は好きなだけ俺に甘えてこい！」

「えっ？」

これをどうにかできるのは俺しかいない。

そう判断した俺はルリのほうを向き、魔王(ルリ)に抱き着いて頭を撫でて優しく声をかけた。

これが効くかわからないが、アイナが怒ったときはいつもこうして乗り切ってきたんだ。

ルリにも効いているかどうかわからない中、恐る恐る彼女の顔を見ると、段々とふやけていく様

子が見て取れた。

「ふわっ？　お、お兄ちゃん大胆だなぁ。うふふ！　珍しいねお兄ちゃんからこういうことするの」

どうやら効いているようである。

よし、このまま撫で続ければ。

「本当に急にどうしたの？　そんな、私……」

「ほら、落ち着いて。俺はそんな怖い顔よりもいつもの元気なルリの笑顔が見たいな」

「そ、そう……。じゃあお兄ちゃんに免じて許してあげるね」

ルリはそう言って指を鳴らす。

それを引き金にして他のみんなもようやく普通の呼吸ができ始めたようで、ふらふらと立ち上がり始めた。

中には咳き込んでしまっている人もいる。

一体どんな圧力なのだろうか。

なんで『気』だけでこんなことになるんだ？

これがSランク冒険者の力なのか？

「もう、お兄ちゃんは優しいなぁ！」

「そんなことないよ、ほら」

「むふふふふ」

俺はようやく忠犬のようになったルリを撫で続ける。

さっきまでの獰猛さが嘘のようだ。

「ルリが狼になるのも、犬になるのも俺次第か……」

「ん？　何か言った？」

「いや何も言ってないよ」

俺が撫で続けていると、ようやく世界は何事もなかったかのように動き始め、活気を取り戻していく。

だが俺やルリに向けられる視線や言葉はぱたりとなくなった。

多分みんな関わったら終わると察したのだろう。

完全に意図的に視線をそらされてしまっている。

「そ、それでは次の方二番窓口へどうぞ」

「あっ、呼ばれたね。よし行こうか」

それから少し経ったのち、受付に呼ばれた俺は、後ろについてくるエルフの手綱だけはしっかりと握ることを胸に誓って呼ばれた方へと向かった。

するとそこにはルリたちと同じ種族であるエルフの女性が、呆れた顔で俺たちのことを椅子に座った状態から見上げていた。

「やっぱりさっきのはルリさんでしたか……」

「いやもう本当にごめんなさい」

俺は咄嗟（とっさ）に出迎えた受付の人に謝り頭を下げる。

なんだか、自分の子供が悪いことをしたときに頭を下げる親の気分だ。

「なんでお兄ちゃんが謝るの？　悪いのはお兄ちゃんを馬鹿にした奴らでしょ？」

「いや、でも周りを巻き込むなよ……。ほらごめんなさいして」

「むー。わかった、ごめんね」

「いえ、私は大丈夫なのですが……。やはりこの方はルリさんにとって特別な方なのですね」

受付の人は少し前に俺が伝言を頼もうとした人であり、俺の目をちらっと見てそう言った。

前回の熱烈なハグとさっきの騒動で俺とルリの関係は何となく察したんだろう。

なんかこの人に迷惑かけてばっかりだな。

「そうだよ。だからお兄ちゃんを馬鹿にした奴らを黙らせてやったの」

「それでも他の人を巻き込んだら駄目でしょうが」

頬を膨らませたルリのおでこを人差し指で軽くはじく。

いわゆるデコピンだ。

彼女にノーダメージなのはわかっていたけど、俺が少し怒っているのはわかってくれたはず。

「むぅ、これでも手加減してあげたよ。魔法なんて使ったら今頃血の海になってる。だから殺気を放つしかなかったし巻き込んじゃったの。それに黙ってはいるけど、内心馬鹿にしてた奴もいただろうからね、痛い目見てもらわないと」

こりゃ何言っても駄目だな。

今のルリはまるで駄々をこねる子供だ。

ていうか血の海って。想像できてしまうのがまた怖い。

「ルリさんは強すぎるんですからもうちょっと抑えてください……。それが無理なら」

受付のエルフは俺の方をちらっと見た。

その時はお願いしますって顔してるな。

「うん、わかりました。ルリは俺が面倒見ますから」

「お願いしますね」

「えっ、お兄ちゃんが私の面倒見てくれるの？」

俺がそう言うと、ルリは一瞬でいつものアホ犬モードに戻った。

本当に俺次第のようである。

これからいつも通りのルリをアホ犬モード、冒険者の時を狼モードと呼ぶことにしよう。

というか今まで問題は起こさなかったのか？

ガチで不安なんだけど。

「ちょっと聞きたいんですけど、ルリは今までにさっきみたいなことはしでかしたことないんですか？」

「そうですね、初めてです。ですが前から慕っている人間が一人いるというのも、その人のために冒険者をやっているとも聞いたことはありました。まさかあなたのような方だとは思ってませんでしたけど」

「そうだよ！　いつでもあんなことするわけじゃないんだから。それにもうしないって誓うよ。これでこの冒険者ギルドでお兄ちゃんを馬鹿にする奴はいなくなっただろうから。噂ほど怖い物はないからね！」

ルリは満足そうな顔をしながら、口調を弾ませて輝かせた目をこちらに向けている。

そうなんだけどやり方ってものがあるだろ。と思ったが、ここでこれ以上何か言うのは野暮な気がして口を噤んだ。

一応は彼女なりに考えての行動だったんだろう。

元はといえば俺が貧弱なのが問題なんだし。

「あなた様の機嫌を損ねるということが、狼の尻尾を踏むことになると知らしめることには成功したでしょうからね。……私たちは完全に巻き込まれたわけですが。それで今日はどんなご用件で？」

もうこの話は終わりにしましょう。

そう言わんばかりに受付のエルフは一息ついた後、ルリに視線を向けた。

「私は今日の分の依頼を受けに、お兄ちゃんは冒険者登録をしに来たの」

「かしこまりました。ではこちらに必要事項を記入してください」

彼女はそう言って俺の前に一枚の紙を差し出す。

俺はそれを受け取って、とりあえず書けるところは埋めることにした。

特に詰まるところはない。しいて言うなら親の名前を書く際に、危うく昔の親の名前を書きそうになってしまったくらいだ。

「はい、できました」

「ありがとうございます。本来は初心者講習という物があるんですけど、ルリさんがSランク冒険者ですので、特権にてルリさんに一任するという形で受けないことはできますが、どうしますか？」

Sランク特権。

あたかも自然に、彼女の口から零れた単語が一体どれほど凄いものなのかはよくわからないが、恐らくはルリが何年もかけて培ったものなのだろう。

「え、Sランク冒険者ってそんなすごいんですか」

「そうだよ！　お兄ちゃんもっと褒めて！」

「ぐはっ？　お、お前！」

少し感心したのも束の間、容赦なく抱き着いてきたルリのタックルをなんとか受け止めて、俺は再度登録用紙に視線を落とす。彼女に抱き着かれた脇腹がズキズキと痛む。

というか、別にゴリゴリの冒険者になんてなる気はないから、別にちゃんとした講習を受けなくてもいいか。

「じゃ、じゃあ初心者講習はスキップさせてもらいます」

「かしこまりました。では最初に適性検査を行いますので少し場所を移しますね。ここをまっすぐ行ったところの部屋で待っていてください」

そう言って彼女はギルドの出入り口とは反対方向に延びる廊下を指さした。

そして廊下の突き当たりには検査場と書かれた部屋が見える。

「わかりました」

「じゃあ私は今日の分の依頼をサクッと終わらせてくるから終わったら連絡してね！　迎えに来るから!!」

「わかった。気を付けてね」

「ルリさん、今日の依頼もAランクの依頼なのですが……。まぁあなたならすぐ終わりますか」

「うん。じゃあ行ってくる！」

「ではフィセルさんはあちらへ行ってください」

「はい」

　ここでようやくルリの拘束が剝がれたと思えば、あっという間にその姿は見えなくなってしまった。なんかもう本当に本能で動く獣のようである。

　こうして俺とルリは真逆の方向に分かれるのであった。


　部屋に案内された俺は冒険者ライセンスを発行するために検査を受けていた。

　だが、その間も俺はずっと上の空であった。

「はい、じゃあ次は写真を撮りますねー」

　……やっぱり俺にはよくわからない。

　今まで、そしてさっきのルリの行動が今でも疑問に残る。

　昔のルリはあんな感じじゃなかったはずだ。

昔は天真爛漫で、誰にでも迷惑をかけるけど彼女の笑みを見たらみんな許してしまう。

いつでも元気いっぱいで周りのみんなに笑顔を振りまく。

彼女を中心に笑顔の輪が広がる。

そんな感じだった。

「じゃあ次はこの水晶玉に手を乗せてください」

そして昔からルリは俺に懐いていたし、俺もルリを可愛がった。

ただそれはあくまで家族の一員としてであって、昔はむしろダニングやアイナのほうに懐いていた気がする。

だが今はどうだ？

明らかに俺に対する執着がおかしい。

少し狂気じみている気がする。

一体何が彼女をそうさせているんだ？

「はいじゃあこれを力いっぱい握ってくださいねー」

ルリ、君は二〇〇年間で一番変わった。

君に一体何があったんだ？

一体君の心は何に蝕（むしば）まれてしまったんだ？

……だけどルリは変わらずルリ、あの森の中の家でおよそ二〇年をともにしたかけがえのない仲間。

二〇〇年前から愛情が少しでも薄まったことはない。

いくら狂っていたとしても、俺ができる限りは君の愛情を受け止めよう。

「はい、検査はこれで終わりです。今日もうカードをお渡しできますので少々お待ちくださいね。……フィセルさん？」

「え？　あ、はい！」

検査員の人に呼びかけられてハッとする。

そうか、俺はいま検査していたのか。

完全に頭はルリの事でいっぱいだった。

「あの、こんなことを言うのは少し心苦しいのですが……」

「どうしたんです？」

ようやく検査の方に意識が向いた俺が返事をすると、検査員の人は少しばつの悪そうな顔をした。

何かあったのだろうかと少し身を乗り出して検査員の人の顔を見ると、重そうな口をゆっくりと開きながら俺の元に一枚の紙を差し出した。

「あの、フィセルさんは私が検査した中でも初めてと言えるほど素質がないんです。この先、副業や趣味といった形で冒険者をやるのならいいんですが……。その、冒険者を本業にするのはお勧めしません。というかやめた方がいいです。恐らくフィセルさんにできる依頼と言えば薬草拾いとか、住民のお手伝いくらいだと思いますので」
デ、デスヨネー。

と、当たり前のことだがやはり心に傷が入る。

元々暇すぎるから取っておこう、位のノリだったし、ライセンスがあればルリの仕事の様子を見れるっていう理由だったからいいんだけどさ。やっぱり来るものがある。

ライセンスを持っている人しか入れないところとかあるし、流石にバンとかに稽古つけてもらえばそのうち普通の冒険者くらいにはなると思っていたから余計に。

ただこれ、バンとかに稽古つけてもらってどうにかなるレベルじゃなさそうである。

エルフたちと一緒に暮らせなくなったらどうすんだ俺？

……ま、まぁいいか。あとの事はまた考えよう。

「それでどうします？　登録します？」

「はい、お願いします」

「かしこまりました」

こうして俺は晴れて冒険者となった。

当分の間俺は冒険者として依頼を受けることはないのだが、それはまた別のお話。

ライセンスを無事取得できた俺は、あの後依頼を終えたルリに拾ってもらい家に帰った。

冒険者ギルドに戻ってきたルリは、変な鳥みたいな魔物を収納バッグから取り出していたけど、あれはどれくらいの価値になるんだろうか。

今度詳しく聞いてみたいところである。

そして今は全員がそろった食卓で夕食を食べているところだ。

「なるほど、今日は冒険者の登録に行っていたのですね」

「うん、ルリと一緒に。まぁでも当分は依頼を受けないけどね。職員さんにも能力がなさすぎだって言われちゃったし、バンやアイナにみっちり指導してもらってからにするよ」

「じゃあ、なんで今ライセンスを取ったんですか？」

「冒険者ライセンスがあれば私の依頼についてくることができるからだよ！　ライセンスがないと入れない場所とかあるし」

パンをむしりながら質問してきたアイナにルリが答える。

そう、俺は今回あくまでルリと一緒に行動できるようにするためにライセンスを取った。

これがあればパーティを組むという形でルリの活躍の様子を見ることができるからだ。

単純にSランク冒険者の活躍をこの目で見てみたい。

そういった思いからライセンスを取ったと言っても過言ではない。

まぁ、将来独り身になったときにできることを増やしておくという思いもあったが、今日の検査で打ち砕かれた感は否めない。

後は今後の俺の頑張り次第だな。

そう思いながらパンに齧（かじ）り付くと、対面に座るバンが少し性格の悪そうな顔を覗かせて口角を上げた。

「なるほど。じゃあこれからはたっぷりしごいてあげますよ、主」

「手加減はしてくれよ……？　本当に今の俺はひどいんだから」

「わかってますって。ここ数日の鍛錬で嫌というほどわかりました」

「それに俺なんかの話よりもみんなの話が聞きたいな。今日何があったのか、みんな話してよ。シズクとか今日はどうだったんだい？」

俺は牛肉がトマトで煮込まれた、真っ赤なスープを口に流し込みながら周りを見渡した。

俺なんかよりも、この六人のエルフのほうが濃い日常を送っているに違いない。

「そうだな、今日はご主人と朝から晩までイチャイチャ……」

人選ミス。圧倒的な人選ミスである。

初手にシズクを置くんじゃなかった、何をやってるんだ俺は。

思わずスープを吐き出しそうになったが何とか口にとどめて飲み下し、シズクの方を睨(にら)みながらスプーンを彼女の方に向けた。

「おいシズク、開口一番から嘘をつくんじゃない。さっきまで今日俺が冒険者ギルドに行った話をしていただろ」

「そうだよ、シズクお姉ちゃん！　今日お兄ちゃんとイチャイチャしたのは私なんだから！」

「ほう？　それは面白そうな話ですね。是非聞かせてもらいましょうか」

そして話は案の定、どんどん嫌なほうへ嫌なほうへ流れていく。

おいルリ、ヴェルとアイナが怖い顔をしてるの気づいているか？

なぁまじで頼むぞ？

「ちょっ、へ、変なこと言うなよルリ？」

「今日はお兄ちゃんとずーーっと抱き合ってたよ！　それにその後も……ねっ、お兄ちゃん」

そこまで言った後、急にルリは頬を赤らめた。

やりやがったこいつ。

俺は顔を両手で覆い、天を仰いだ。

もう俺にできることはこれしかない。神頼みだ。

というか、その後とかないよな？

別に何もやってないよな？

「フィセル様……、ま、まさかルリと……」

「アイナ、断じて違うぞ何もやってない。なんでこの家の女性陣は嘘つきが多いんだ？　ルリもシズクも嘘つくんじゃないよ！」

「なるほど。じゃあ私がこの後嘘か本当か確かめてやろう。あとで私の部屋に来てくれ」

「いえ、私が確認して差し上げます」

「いやお前は無理だろヴェル。強がるなって」

「ほう？　この私に喧嘩を売っているのですかシズク？」

「フィ、フィセル様本当はどうなんですか？」

「だから話を聞いてくれ!!」

余りの話の進まなさに、思わず机を叩く。

本当ならドンッと叩いて場を静まらせたかったのだが、俺の力じゃ全然音は響かないわ口論は止まらないわ、手がめちゃめちゃ痛いわで散々な結果に終わってしまったが。

「ダニング、今日のスープもおいしいよ。このトマトはいつものサラダについてくるものとは違うよね？」

「流石だなバン。今日は自信作だ。珍しいトマトがたまたま手に入ったから、オリーブと塩だけの簡単なスープに仕上げたが、口に合ったようだな」

そして端の方では男性陣がのほほんと夕餉を楽しんでいる。

「いや君たちも俺を助けてよ？　なに男性陣だけでほのぼのしてるんだよ！」

「自分の過ちを認めない者を擁護するつもりはない」

「だからしてないって！」

「別に俺はいいと思いますけどね。後始末を自分でするなら」

「だから！」

「嘘つきの舌はよく回るな。調理したら旨そうだ」

「そうだね。そんなことよりダニング、明日の昼なんだけど……」

「おいそんなことってなんだ、バン！　君の目に俺は……」

「フィセル様、まだこちらの話は終わっていませんよ。さぁ、弁明の続きを」

「ぐはぁ！」

席を立っていた俺の首根っこを、ヴェルがいとも簡単に摑んで引きずる。

どんどん男二人組が離れていくが、もうこちらに視線すらよこしてくれやしない。

こうしてこの日の夕食もごく普通に騒がしく過ぎ去っていった。

騒がしかった夜も更け、朝を迎えた俺はいつも通り、バンとアイナに剣の指導を受けて朝食を食べ終えた。

いつもと違う点としてはテーブルの向かいに、朝からシズクがいるくらいか。

「ご馳走様。ふぅ、おいしかった。というか今日はシズク朝からいるんだね」

俺は食べ終えた食器を手に取り立ち上がったついでにシズクに尋ねてみる。

彼女はどこから仕入れたのか、新聞を読みながらコーヒーを飲んでいた。

「ん？　まぁな。たまにはゆっくりするのも大事だし」

「そうだね。じゃあ俺も今日はゆっくりしようかな」

「それはいつもだろ。ここ最近少しずついろいろな事をやり始めているみたいだが」

「ぐっ、ま、まぁね。俺だっていつまでもヒモ生活を送るつもりはないから」

「別にいいと思うけどな。ご主人からしてみればこの生活は隠居みてぇなもんだし。金は私たちがどんだけでも出してやるぞ」

シズクはコーヒーをすすりながら視線を新聞紙から離すことなく、当たり前のことのように話し続ける。

一体このエルフたちはどれくらいの富を築いているのだろうか。

「だから君たちがそうやって俺を誘惑するからいけないの！　このまま行ったらダメ人間コースまっしぐらなんだよ！」

俺がそう叫ぶと、シズクは愉快そうにけらけらと笑いながら新聞をめくった。

「まぁ、何かやりたいこととかあったら協力するからまた言ってくれ。大体の事なら用意できると思うぞ」

「うん、わかったよ」

俺はそんなシズクに背を向け食器を厨房へと持って行く。

厨房に入ると、そこには何やら仕込みをしている様子のダニングの姿があった。

何度も見てきた、ガタイの良いエルフの後ろ姿だ。

「ダニングご馳走様、おいしかったよ。今は何をやってるの？」

「ん？　なんだあんたか。これは王城の奴らに頼まれた分の料理だ。パトラの奴がうるさいらしくてな、こうして俺が三日に一回料理を作って持って行ってやってるんだ」

ダニングはそう言ってやや大きめの容器を指さした。

どうやらデリバリーみたいな感じでやっているらしい。

パトラ王女はダニングを取られたことに対して結構怒っていたから、その解決策なのだろう。ダニングが厨房以外の場所にあまり姿を覗かせない理由はこれだったか。

「え、知らなかったよ。そんなことをしてたんだね」

「まぁこの前あんたと王城に行ったときに頼まれたことだからな。まだ始めてそんなに経っていない」

「でもそれだけ、ダニングの料理を気に入ってくれてるんだろう？　凄いことじゃないか」

「まぁ、あいつの場合俺に懐いてたからな。料理目当てなのかはわからん」

思い出されるのは、この前ダニングに飛びついてそれからべったりだった、赤髪の少女の姿である。

まるで俺とルリみたいな感じだ。勿論ダニングは優しく受け止め、俺は吹っ飛ばされたのだが。

「た、確かにね。でもそんな王女様も気に入る料理を毎日食べられるなんて俺は幸せだな」

「それもこれもすべては二〇〇年前のあんたのおかげだ。今の俺があるのも」

「そうだね……、懐かしい」

「なんか昔を思い出すな。確か俺が最初に料理を作ったのはシズクが呪いに侵されていた時だったか」

今でも思い出せるダニングとシズクを雇った日の夜。

あの頃は本当にきつかったのは今でも覚えている。

確かシズクの呪いを解いた後、気絶してしまったんだったか。

あれもダニングの料理がなかったらあそこまで集中力が保てていなかったかもしれない。

「ダニングの料理はみんなを笑顔にするだけの力があるからね。みんながハッピーになれるよ。それこそまさに最高の料理人じゃないかい？」

昔を思い出しながら、俺は満面の笑みで何の気もなしにそう言葉を紡いだ。

本当に、ただ単純に思ったことを。

だが俺のこの言葉を聞いた途端、ダニングは動きを止めてしまった。

そしてゆっくりと自分の手を見つめ、独り言のようにぽつりと呟いた。

「……あんたは俺の料理がみんなを幸せにできると思うか？」

「え？　ど、どういう事？　なんか変なこと言った？」

「俺の料理は確かに人を幸せにできるかもしれない。だがな、それができるっていう事は逆もできるっていう事だ」

再びダニングが動き始め、ストンッと包丁がまな板に当たる音が響く。

だがさっきまでとは明らかに雰囲気が変わった。

どういうことだ？　何が言いたい？

「……ダニングは自分の料理で誰かを不幸にしたことがあるってこと？」

「料理ってのはな、何も胃に入れてエネルギーとするだけが役割じゃないんだ」

「どういうこと？　質問の答えになってる、それ？」

「みんなを幸せにできる、か。俺が最高の料理人だったら実現できていたかもな。料理でこの世界を平和に……、とんだ夢物語だったな、俺には無理だった。ましてや俺は多くの人を不幸にしたのかもしれない」

「ダニング！　急にどうしたんだよ！」

食器を適当なところに置いて後ろからダニングの肩を摑む。

するとダニングは包丁をまな板の上に置いてこちらを振り返った。

そんな彼の両肩を再び両手で摑んだが、ダニングが動じることはなかった。

「いいか？　料理ってのは人の胃を満たして幸せにすることができる。それはその人の生きる動力となり、血となり肉となり骨となる。人によってはそれが生きがいとなり人生を豊かにしてくれる。

……だが他にもいろいろな力があるんだよ」

「なんだよ、さっきからなんなんだよ？　何が言いたいんだよ？」

「それこそが俺の罪、一生背負うべき罪だ」

そう言ったダニングの顔は言葉と違って安らかに微笑んでいた。

やめろ、やめてくれ……。

なんでそんな諦めた顔をしているんだよ……。

「勿論俺はこれまで俺が歩んできた道を後悔はしていない」

ダニングはそう言って俺の頭の上に手を下ろし軽く撫で、もう片方の手で肩に乗っている俺の手をほどいた。

「だがすまない、俺はあんたの言った『最高の料理人』になれなかった」

「ダニング……、なんでそんな顔をするんだよ」

「明日の昼、時間をもらえるか？」

「いやだから…………。うん、大丈夫だよ。特に用事はないかな」

「あんたに食べてもらいたいもんがある」

「わかった。空けておくよ。でも今日のご飯も楽しみにしてるからね」

「まかせておけ。俺が手を抜くとでも？」

「まさか。ダニングに限ってそんなことはないよ」

これ以上は何も話さないという雰囲気を感じ取った俺は、それ以上詮索するのはやめて、燃え盛る炎の音がパチパチと響く厨房に背を向けた。


次の日、俺はいつも通りの朝の鍛錬を終え、軽い朝食を食べて少し経った、正午にまだ時計の長針が半周足りない頃に厨房へと向かった。

するとそこには、まるで昨日のことを繰り返しているかのように大きな背中のエルフが一人、料理台の前に佇んでいた。

「ダニング？　約束通り来たけど」

「丁度いい。よし、移動するぞ」

「え？　どっかに出かけるの？」

てっきりこの家で何かおいしいものをふるまってくれると思っていた俺が素っ頓狂な返事をすると、ダニングはポケットから青色のガラス玉を取り出した。

「今から王都に行く。準備はいいか」

「え、あ、そうなの？　じゃあちょっと待ってて、服を着替えてくるから」

繰り返しになるが俺はてっきり家で何かをすると思っていたから、今の服は俺が学生の頃から着古しているいつも通りのよれよれのシャツである。

流石にこんな部屋着感丸出しの服で王都には出たくないと思い、準備をしてこようと厨房に背を向けたところ、後ろで何かが割れる音がしたと同時に淡い光が厨房全体を包み込んだ。

思わず振り返ると、足元にはいつも通りの魔法陣が形成されていた。

「もうめんどくさいからそのままでいいだろ」

「いや準備はいいかって聞いた意味は？　それに見てよこの服！　こんなんじゃ王都に出れないよ！　ちょっ、着替えさせて！」

「別に誰かと会う訳じゃないんだ。別に服は何でもいい」

「いやでもやっぱり普通は……」

俺の想いは空しく厨房に響き、まばゆい光で視界が真っ白になったと思えば、すでに何度か訪れている、王都の中心部に位置するシズクの仕事場が目の前に広がっているのであった。


どうやらシズクの拠点は、あの家に暮らすエルフはみんな王都に行くときに使っているらしく、慣れた様子で裏口から出ると城下町の喧騒が俺たち二人を迎え入れた。

静かな森に囲まれたあの家とは大違いである。

「で、結局どこに行くの？　この後の予定がよくわかってないんだけど」

「この後は王城へと向かう。そこで厨房を借りる約束を取り付けてあるからな」

「王城？　じゃあ尚更この服じゃダメじゃないか！」

俺がそう言いながら服を引っ張って強調すると、ダニングは鼻で笑って大した問題じゃないと言いたげに頭を掻いた。

「別にちょっと借りて、ちょっと飯食うだけだ。問題ないだろう」

「いやその発言がおかしいからね？　王城だよ、国王が住んでる城だよ？　いいのかそれで？」

「俺の前の仕事場と言い換えることもできるだろうが。そうすれば別に大したことじゃない」

「そう……なの？　いや違うでしょ、騙されないからな！」

「時間もないしサッサと向かうぞ。パトラに見つかっても面倒くさい」

「この国の王女様を面倒くさい呼ばわり……。って、ちょっと待ってよ！」

アイナやルリに引き続き、相変わらずこのエルフたちの立場ってとんでもないな。

と半分感心、半分不安の胸中で俺は目の前を大きな歩幅で歩くエルフの後ろを追った。


王城に着いてすぐ、事情を知っていると思われる執事さんにやや小さな応接間のようなところに通されていた。

ダニングは先ほど厨房へと行ってしまったようで今は俺一人である。

特にすることもなくぼーっと窓を眺めていると、丁度部屋の窓からは王城内に位置する広い運動場のようなものが広がっており、騎士団の人達が何やら稽古のようなことをしているのが見えた。

そういえば俺が経験した二度の学生経験において、放課後に教室から外で体を動かしている同級生のことを眺めていたな。と少し思いに耽っていると、どうやらその中心部で剣の指導をしているらしき人物の動きに見覚えがあるように感じた。

「……あれアイナだよな、多分」

確信はないが多分そうだろうと思いながら眺めていると、部屋のドアがノックされた。

俺が短く返事をしたのちドアを開けたのは、今日共に王都に来たエルフではなく金髪碧眼の美男子エルフで、家で見るときと同じ表情で「失礼します」と小さく言いながら俺の元へと近づいてきた。

「えっ、バン？　どうしてここに」

「先ほどまでクレア王女とやり取りをしていたのですが、そこで今日主が王城に来ていることを聞きまして。どうして主は王城に？」

「いや、なんかダニングが食わせたいものがあるって言って気づいたらここに……」

俺がそう言うと、バンは「あぁ、なるほど」と短く言ってから再び俺の方へ向き直った。

「それでは俺がここにいては野暮ですね。これで失礼します」

「ちょっと待って！　バンは普段なにしてるの？　王城によく来てるの？」

バンが少し柔らかい笑みを浮かべながら去ろうとしたので、俺は思わず彼を呼び止める。

まだダニングが戻ってくるには時間がかかりそうだし、同じ屋根の下で暮らすエルフとプライベートな部分で会うことができて、少しうれしくなった俺はそのまま彼に疑問をぶつけてみることにした。

　するとバンも同じことを感じたのか、少し嬉しそうな顔をして顎に手を当てた。

「普段……ですか。俺はアイナと違って、呼ばれた時だけ王城に来ています。この国を守るのが騎士団、そしてアイナの仕事だとしたら、俺は国王や王女様方が他国へ出向くようなときに護衛としてついていく感じですね。今日はその打ち合わせのために王城を訪れていました。数日後にクレア王女が他国の視察に行かれるそうなので」

「へー、それは凄い……」

　思わず感嘆の息がこぼれると、バンは少し嬉しそうに少しだけ頭を下げた。

「お土産は何がよろしいですか？　今回の国は海産物が有名だそうですよ」

「うーん、何か珍しい魚とか食べ物か、薬草がいいな」

「わかりました。時間を見つけて探してみますね」

「うん、楽しみにしてるね」

「それでは俺はこれで失礼します。また夜に家でお会いしましょう」

　家で会う。

　その言葉に少し嬉しさと恥ずかしさを感じた俺は、鼻を指でこすってニカッと笑って見せた。

　バンもそんな俺の様子を見届けると、扉の方へと踵（きびす）を返して丁寧に扉を閉めた。

　そんな俺の元・騎士がいなくなってから更に十分ほどが過ぎたころ、再びドアがノックされた。

　先ほどのバンとは違い、やや荒っぽくドアを叩いた向こうの人物は、俺の返事を待つ前にドアを開いた。

「待たせたな。これが俺の歩いてきた軌跡だ」

いつものラフな格好とは違い、真っ白なコックコートに身を包んだ茶髪のエルフは、銀色の蓋で覆われたいくつかの料理を載せたワゴンを押し、いい匂いを全身に纏いながら俺の待つ部屋へと入ってきた。

「いつもの格好とはずいぶんと違うね。本当に料理人みたいだ」

俺の目の前のテーブルの前に、蓋をかぶせたままの料理を並べている途中のダニングに俺がそう尋ねると、面白くなさそうに鼻を鳴らしてダニングは俺の方を見た。

「俺はこの服を着るのは嫌いなんだがな。王城の奴らが五月蠅(うるさ)いんだ」

「でも、俺たちが再会したときはずいぶんとラフな格好をしていたよね？」

「そりゃ王城の外だからな。なんだ、いつもの格好は料理人らしくないとでも言いたいのか？」

「いや、そういうわけじゃないけど……」

「まぁ俺の服装なんてどうでもいい。まずは前菜だ。あんた胃袋小さいから量は少なめにしておいた」

そう言ってダニングが最後にカートから出したお皿には、トマトとチーズが交互に挟まれたもの

に何か緑色のソースがかかっている物だった。

「えっ、何この緑のソース」

俺が思わずそう言うと、ダニングは愉快そうに俺を見下ろして食べるよう促した。

「あんたが今、気味悪がった緑のソースは、かつてエルフの国で料理に使われていたものだ。人間には少し抵抗があるかもしれないが、一口食べてみると良い」

「わかったよ。じゃあ、いただきます」

手を合わせて食材に感謝を心の中で述べた後、口の中にトマト、チーズ、そして緑のソースの三点セットを放り込むと、なんとも独特な味が俺の味覚を支配した。

チーズは濃厚でいままで俺が食べてきたものとは舌の残り具合が桁外れで、森の中の家でダニングが作ってくれるものとは、種類が違うことが明確であったが、それよりも印象的だったのはソースだった。

「……うーん、おいしいんだけど、ソースがちょっと俺の口には合わないかなぁ」

言うかどうか迷ったものの、ダニングの料理に対して嘘をつくのに抵抗を覚えた俺が素直にそう言うと、ダニングは俺の予想に反して嬉しそうな顔をして俺の肩の上に手を置いた。

「やはりそうか。いや、そのソースは先ほど言ったようにエルフが好む味だ。人間の味覚には合わない」

「でも、エルフのことが知れた気がするよ。俺、いままでこのソースのことなんて知らなかったよ。ヴェルとかならこのソースをおいしいって言うのかな？」

「何を言っている？　あんたは知らないかもしれないが、このソースの原料になる薬草はよくあの食卓に上がっているぞ？　多分口に合わないと思われるから、あんたの皿には入れていないだけだ。他にも、一人一人好みを把握して俺は料理を提供している」

「へー、そうなんだ……。って今なんて言った？　一人一人に違うもの出してるってこと？」

「少し話を盛ったが、単純に嫌いなものを抜いたりしているだけだ。流石に七人もいれば、味の好みは分かれるからな。特にヴェルは、このソースが好きだぞ」

初めて知った事実に少し思考が遅れる。

今まで何も考えていなかったが、どうやらダニングはそれぞれの好みを把握しているようだ。

そういえば昔からダニングと話すときは、よく食材の好き嫌いの話をしていた記憶がある。

もしかしたらそこで判断していたのだろうか。

「え、でも俺、このソースを食卓で見たことないんだけど」

「ヴェルが『恐らくこの独特な色と香りのソースは、ご主人様の食欲を削いでしまうので、ご主人様がいるときは出してもらわなくて結構です』と俺に言ってきたからな。あんたがいないときに俺はこのソースを彼女に出している。二〇〇年前は限られた食料でしか料理が作れなかったから、人間の舌に合うような料理ばっかりだったがな」

「でも今はエルフと人間が共存している世界だからこそ、エルフが好む食材もたくさん作れるってこと？」

「そういうことだ。だからこそ、今日この場で前菜としてこの料理を出したんだ。昔とは違うってことを知ってほしくてな」

「なるほどね。そう考えるとおいしく感じてくるよ」

二〇〇年前は市場に行っても、奴隷扱いだったエルフが好む食料なんて売ってなかったし、そもそもほとんど味覚が同じだから何も疑問なんて持たなかった。

でも、今のようにエルフが自由となった世界なら、エルフだけが好む物も多く流通しているということだろう。今まで深く考えたことがなかった。

「だからこそ、少ない量にしたんだ。伝えたいことは伝えられたし、時間もないからどんどん行くぞ」

その後、獣人族の縄張りでしか取れないという野菜を使ったスープ、国境を海で隔てた島でのみ獲れる魚の切り身を生で並べたもの、見たこともない形をしたパン、存在すら謎に包まれている龍人族の御馳走との説明を受けた、ダイヤモンドドラゴンと呼ばれるドラゴンの肉などが続き俺の腹はどんどん満たされていった。

どれもこれも、森の中の家でダニングが作る、言ってしまえばやや家庭的な料理とは違い、本当に国王とかが食べていそうな料理ばかりであった。

「俺、ドラゴンの肉なんて初めて食べたよ。ていうか、ドラゴンって食べていいの？　よくアイナやルリが乗っている気がするんだけど。ほら、昔にもアイナの相棒のドラグがいただろう？」

俺が肉料理の最後の一切れを口に入れたところで、なんとなく思ったことをダニングに聞くと、ダニングは俺の対面に位置するソファにドカッと腰を掛け、面倒くさそうに襟元のボタンを緩めた。

「あんたがさっき食ったのは、正確にはドラゴンではなくトカゲの一種だ。エルフと付き合いのあるドラゴンとはそもそも種類が違うらしい」

「へー、そうなんだ。詳しいんだね」

「まぁ、龍人族とエルフは少し繋がりがあるからな。ドラグもその一環だ」

「そういえばドラグって元気？　転生してから会ってないや」

二〇〇年前、俺たちと共に過ごしたドラゴンのことを不意に思い出した俺がその名を口にするとダニングは、知らなかったことに驚いたようで少し目を開いた。

「なんだ知らなかったのか？　ドラグは数年前、龍人になったぞ」

「え？　どういうこと？　そもそも龍人族って本当に存在するの？」

「ドラゴンは生まれてから何百年か経つと人となるらしい。ドラグはかなり前だが龍人になって故郷へと帰った」

初めて知った事実に顎が外れそうになるが、何とか意識を保つ。

ドラゴンが年を重ねると人になるなんて知らなかった。

「え、じゃあ今アイナやルリのパートナーのドラゴンって……」

「まだドラゴンだが、やがて龍人になるな。まぁ、エルフの良きパートナーのようなものだ」

「ほえー、俺の知らないことばかりだ」

俺が驚きの想いをすべて吐き出すと、ダニングはゆっくりと立ち上がり、首を鳴らした。

「で、どうだった。今日の料理は」

「おいしかったよ。今まで食べてきた食べ物とは、質が違う気がする。それに、これまで君が歩んできた歴史がなんとなく感じられた気がしたよ。他の種族が食べる料理なんて普段食べられないからね」

「だから王城を借りたんだ。そうでないと中々食材が手に入らないからな」

「けど、なんだろう。俺はいつものダニングの料理の方が好きかな」

俺が正直に胸の中を伝えると、少し驚きつつもダニングは満足そうに頷いた。

「俺はこの王城の料理長になってからは、こういった料理ばかりを作っていた。パトラなんかは庶民的な料理が好きだったが、国王は会食の場で料理の多様性を示してこそ、他国の連中に権威が示せるからな」

「君が言った料理の力っていうのはこのことだったんだね」

「そういうことだ」

だが、俺にはわからなかった。

どうして昨日、彼はあんなに悲しそうな顔をしていたのだろうか。

「でも、これが昨日の君の答えなの？　君は昨日、『最高の料理人になれなかった』って言っていたけど俺はまだ理解できてないよ。この料理ならみんなを幸せにできると思うんだけど」

「そのうちわかるさ。だが今、一つ言えることとしては、そこでは味なんて二の次だった。まずはその希少さ、奇抜さが重視されてしまったんだ。よし、今日はもう帰るぞ。夕食の準備をしなくてはな」

ダニングに少し曖昧な返しをされた俺は彼の大きな手を見つめた。

彼は俺の視線に気づいたのか、視線を自分の手に移して強く握った。

「でも今日は楽しかったよ。君の料理長としての姿を見られた気がする」

「そうか。……あんたが俺を救ってくれたから今の俺がある。俺はあんたには感謝している」

「珍しいね、ダニングがそんな素直に」

「そういう気分だっただけだ。よしじゃあ帰るぞ」

気恥ずかしくなって目をそらした俺を眺めた後、彼は準備してくると言って部屋から出ていった。

『最高の料理人なれなかった』

一体彼の何が、心の中で燻ぶっているのだろうか。

今日食べた料理がどれもおいしかったのは確かだ。

そもそも生きている時間が、経験している時間が人間とは違うし、この王国で一番の料理人と言っても遜色はないと思う。

恐らく今日出てきた食材だって、ちゃんと調理できる者がこの王国に何人いるのだろうか。

そうでなければこんなに勝手に、王城の厨房を使わせてもらえるわけがない。

そんな彼が今日俺に食べさせた初めて見るような食材、他の種族が好んで食べるもの。

彼は何か俺にメッセージを送っていたのだろうか。

まるで昔の世界と今の世界、そして過去のダニングと今の彼は違うと訴えているようだった。

「待たせたな、よし帰るぞ」

彼が俺に伝えたかったことが理解しきれなかった俺は、そんなダニングにできる限りの笑顔を見せて彼の後ろを追った。

王城の中にある広い広場で、俺ことフィセルは数十人の見習い騎士と一緒に剣の素振りをしていた。

「「「はいっ！」」」

「そこも剣筋が乱れていますよ！」

「「「押忍っ！」」」

「ほらそこ！　もっとシャキッとしてください！　ほら下を向かない！」

一緒にと言っても俺だけ列から一人離れて素振りを行っているが、やっていることは騎士団の人たちと同じだ。

周りの人たちはやる気に満ち溢れており、注意されても元気の良い返事を返せているが、俺はもう満身創痍で立っているのがやっとなのに、前からも後ろからも声が飛んでくる。

「フィセル様、遅れていますよ！　ほらもっと型を意識して！」

「わ、わかって、るって、ぬがぁあああああ！　動け俺の腕！　頑張れ俺の腕！」

これは後ろの金髪エルフから。

「そこ、うるさい！　黙って腕を動かしなさい！」

「ぐっ、ちくしょう……」

そしてこの罵声は少し前の方にいる王女から。

どうしてこうなった？

何でおれは今剣を振らされているんだ？

どうしてこの前はダニングの料理と共に悠々と眺めていた場所で剣を振っているんだ？

とめどなく溢れる汗と徐々に薄れていく意識の中で疑問だけが渦巻く。

やばい、本当に気を失いそうだ。

そんな朦朧とした意識の中で自我を保つために、俺は今のこの現状の原因の一人である女性をにらみつける。

見習い騎士たちの前で腕を組み先ほどから檄を飛ばしている、この間少し口論になったクレア王女を。

そしてちらっと後ろを見るとアイナがいつもとは違う真面目な顔で佇んでいた。

「フィセル様、集中してください。今チラっとこっち見ませんでしたか？」

「み、見てないよ……。というか、もうそろそろ限界なんですけど」

「あと少しで終わるので頑張ってください。剣を上達させたいと言っていたのは他の誰でもないフィセル様です」

「ぬぎぎぎぎ……」

「ほら、一、二!!」

アイナが真剣な表情で手をパンパン叩き俺を急かしてくる。

まさかアイナが騎士団内で豹変するとは思ってなかった。

これじゃ鬼教官じゃないか。

「ぬがぁあああああ！」

「だからうるさいです、フィセルさん！」

「またクレアに怒られてしまいましたね、でもあと少しです。頑張ってください」

「くっそ、あいつ許さねえからな……！」

いや、こうなったのはクレアだけが原因じゃない。

だんだんと薄れていく意識の中、俺はこんな事態になったもう一つの原因である今日の朝の事を思い出していた。

◇◆◇◆

この日の朝も俺は双子のエルフとともに朝から体を動かしていた。

いつも通りに体を軽くほぐした後、剣の素振りをアイナたちに見てもらい余裕があれば手合わせをする。もう習慣になりつつある朝の運動だ。

いつも通りのメニューを終え、地べたに座りながら水を飲んで汗を拭く。

この日、バンは朝から用があると言って早々に小屋に戻ってしまったため、俺とアイナで朝の心地よい風で涼んでいたのだが、そこで俺は一つ、疑問があったのだ。

今日の朝からずっと抱えていた疑問が。

「……アイナ、今日なんか機嫌が悪くない？」

朝の挨拶の時点でややふくれっ面で、剣の指導もどこか冷たい。

だがこれと言って心当たりがなかった俺はずっと疑問だったのだ。

そもそもアイナは機嫌が悪くても頑張って隠すタイプだし、ここまでわかりやすく態度に出すのは珍しかった。

そんないつもよりも不機嫌に見える金髪碧眼のエルフは、ニコッと俺でもわかる作り笑いを顔に張り付けて振り返った。

うん、やっぱり機嫌が悪い。

「そんなことありませんよ。ただ最近、ルリやダニングと共に行動しているのが多いなぁと思ってはいますけどね。それに先日、兄さんと王城内で会ったようで。嬉しそうに語っていましたよ」

怒ってる……。なんなら嫉妬しているじゃないか。

なるほど不機嫌な理由はこれのようである。

俺はそう合点し、口に出そうとした寸前のところで動きを止める。

待て、これ選択肢間違えたらやばいやつだ。

この間冒険者ギルドで行ったルリとのやり取りを思い出す。

うちの女性エルフたちは少し扱いにくい節があるから、細心の注意を払わなくてはならない。

「た、確かにルリとはライセンスを取ってからは一緒に行動することが多くなったけどさ」

「フィセル様はこの間『ルリの活躍を見るために冒険者ライセンスを取った』と言っていましたね。

そして最近は、よくルリについて行っているという事なんですね」

「まぁ、そうなるね。やっぱ冒険者ってすごいなぁって感心させられるよ。もしかして嫉妬してる？」

「べっ、別に私の活躍をフィセル様にもっと見てほしいとか、フィセル様と二人でいたいという事ではありませんよ！　も、もう少し私にも構ってほしい気はしますけれど」

いや、へたっぴか。

というかアイナってこんなキャラだったか？　と思わず頭を抱えた。

つーんとそっぽを向いてはいるが、エルフ特有の長い耳が真っ赤に染まっているのがわかるし、なんならぷるぷる震えているのも何となく見える。

やはり相当無理してるようにも見えるし、そこも含めて今のアイナはめちゃくちゃ可愛い。どこその狼とは大違いだな。

「きょ、今日も私はこの後騎士団に指導をしに行かないといけないんですけどね！　あー、忙しい忙しい」

そしてとどめの一撃にこの発言である。

どうしたんだ、本当になんか変な本でも読んだのだろうか？

それとも変なものでも食べたか。

だが彼女の言う通り、よく考えてみれば俺はアイナが騎士団長として活躍しているのはあの特別授業でしか見たことがないし、今騎士団でどんなことをやっているのかは知らない。

この前部屋からのぞいたもののよく見えなかったし、一度近いところで見ておくのはいいことかもしれないな、思う。

アイナも見てほしいみたいだし。

「わ、わかったよ。今日はアイナについていこうかな。アイナの仕事っぷりが見てみたいし。いや、邪魔なら別にいいんだけど」

そんな俺の発言を聞くや否や、彼女はバッと振り返り俺の両手をがっしりと摑む。

さっきまでの表情が嘘のように満面の笑みだ。

「本当ですか？　じゃあ行きましょう！　ほら早く準備してください！」

「え、ちょっ、待ってよ早いって！　えぇ、もしかして俺選択肢間違えた？」

おおよそこんな感じで俺はアイナによって騎士団の訓練場まで担ぎ込まれ、そこで遭遇したクレアの提案でこうして剣を振らされているに至るというわけだ。

これに関しては、アイナやバンと仲良くしているのが気に食わないクレアの八つ当たりである。

そしてここに来るまでに聞いた話によると、あの下手な駆け引きはシズクに教わったものらしい。

どうりでぎこちなかったわけだ。

つまりはこうなったのはシズクの所為でもあるということになる。

「じゃあ今からラスト百本、声を限界まで出していきましょう！」

薄れゆく意識の中で、この「絶望的状況」が終わる声ないし大体の元凶であるクレアの声が、俺らに向かって大きく響く。他の騎士団員の人たちもまた大声と共に「はいっ！」と答えるが、俺はもう剣を持っているのが限界だ。

「フィセル様頑張ってください!!　あとちょっとです！」

「ほらそこフィセルさん！　さぼらないでください！」

アイナもクレアもそんな俺の状況を知っているだろうに追い打ちをかけてくる。

「ぬがぁあああああ！　クレアもシズクも絶対、絶対許さないからなぁ！」

俺の虚しき叫び（八つ当たり）は頭上に広がる雲一つない青空に響いた。

「お疲れさまです、フィセルさん。どうでしたか騎士団の『準備運動』は」

アイナによって木陰の下まで運び込まれた俺に、嬉々として近づいてきたクレアは嬉しそうな顔で綺麗な赤髪を靡（なび）かせながら俺にそう告げた。

俺はと言うと、もう体中の汗が出尽くして干物みたいになり、小刻みに震えるのが限界であった。

「じゅ、準備運動……？　これが？」

「はい。周りを見渡してもらえばわかると思いますけど今の、たかが素振りで干からびているのはフィセルさんくらいですよ」

確かに、周りの騎士団員は水を飲みながら楽しそうに談笑しているが、こちらは現在進行形でほぼ引きこもりなんだぞ。一緒にしないでくれ。

と言いたいところだったのだが、喉がカラカラすぎて声が出なかった。

最早反論する気力すら残っていない。

「お疲れ様ですフィセル様。これ飲んで休んでください」

「あ、ありがとうアイナ……」

そんな俺にアイナは水を手渡してくれる。

口から流し込んだその冷たい水は、体の隅々にまでいきわたり干からびた細胞が潤っていくように感じた。これが甘露水というものか……。

「ぶっはー、生き返った!!　それにしてもクレア、これはひどくないかい？　王女権限をこんなふうに乱用してもいいのか？」

干物からようやく蘇生した俺は、未だなお嬉しそうな顔をしているクレアを指さす。元はといえば、この王女によって俺は無理やりさっきの素振りに参加させられたのだ。あんな他の騎士団員の前で言われたら断れるわけない。アイナも止めてくれればよかったのに。

「かねてからフィセルさんには、一度騎士団を少しでも体験してもらおうと思っていましたので。そうすれば騎士団長の、アイナさんの凄さを身をもって知ることができますもんね、いい機会でした」

いや鬼か。

そしてクレアは俺のことが嫌いなんだな、これで完全にわかった。

逆恨みみたいなもんだけど、まぁ言い分も一応わかるから、俺をこんな目に合わせたことは目をつむってやろう。彼女からしてみればバンやアイナを取られた気分なのだろう。なんとなく気持ちはわかる。

「それで？　フィセルさんは今日何しに？」

「いや本当はアイナの勇姿を見に来ただけだったんだよ！　なのになんだよこれ？」

「なるほど、わかりました。ではご自由にお過ごしください。アイナさん、そろそろ休憩が終わりますので私たちは行きましょう」

そしてこの対応である。

いや、流石の俺でもちょっと頭にくるぞこれは。

もう許さんぞ、クレア王女。先ほどの言葉は撤回させてもらう。

「ではフィセルさんは……」

「こうなったらバンに悪評ばらまいてあげます」

そう思った俺は自分でもガキ臭いと思う反撃の一手を打つことにした。

クレアがバンに心を寄せているのは、もうこの間のお茶会でわかっている。

というか今考えるとよくそんな状況で俺にちょっかいかけられたな、この王女は。

俺がバンと深い関係を持っていることは前回でわかっていただろうに。

「え？　えーっと、それは……」

すると、クレアはあからさまに視線が泳ぎ、焦り始めてしまった。

今ので確信した。やっぱりこの王女はアホの子だ。

これは畳みかけるチャンスに違いない。

「いーのかなぁ、バンは俺の言う事なら信じてくれると思うけど。そしたらクレアはバンに嫌われること間違いなしかな」

「バンさんに……嫌われる……？　そ、そうだ！　アイナさんは私の味方ですよね……？」

顔面蒼白のクレアは苦し紛れにアイナに助け舟を求め始めた。

だが勿論、

「いや私はフィセル様の味方ですよ、普通に」

「そんな……」

完全勝利だ。

というか俺も早く気づけばよかったな。

バンを餌にすればこの王女を操るなんて容易いことに。

「でもまぁ、今回ばかりは許してあげませんか、フィセル様」

だが、そんな彼女から女神のような慈悲が与えられた。

その発言にクレアも活気を取り戻し、俺の首元に縋（すが）った。

「そ、そうですよ！　まさかフィセルさんがここまで鬼畜だとは思っていませんでした。こんな風に、乙女の純情で儚く高貴な恋心を踏みにじって！」

「いや君だっていたいけな少年を無理やり訓練に参加させてるからね？　同じようなものじゃないか！」

「違います！　あなたの場合は私の心を傷つけました！　これは肉体的なダメージを負わせるよりもはるかに罪なことです！」

「いや肉体的ダメージは精神的ダメージを伴うから！　俺のガラスの心はもうぼろぼろだから!!」

「そんな風に軟弱だからいけないんですよ！　バンさんを見習ってください！」

「あー、今ので俺に精神的ダメージが入りましたー！　これはもうバンに報告だな！」

「ぬぐぐぐ、バンさんを盾に取るとは卑怯者め……」

「ふははは、何とでも言うがいい！　もう君は俺に弱みを握られているのだよ！」

「フィセル様、キャラが変わっています。それにそうやって自分が有利になると調子にのるのは悪い癖ですよ。いつか足をすくわれます。というか二人仲良いんですね」

だが俺が満足げな顔をしていると、アイナから剃刀のような指摘が入る。

その役割はヴェルのはずじゃないか。

俺に正論パンチする奴がこれ以上増えたら、俺のメンタルが持つかどうかわからないんだが。

「ぐはぁ！　って、え？　アイナってそんなキャラだっけ、ヴェルみたいになってるよ？」

「べ、別にフィセルさんとは知り合い以上友達未満です！」

そしてさっきから思っていたが、アイナって騎士団の時は性格が変わるようである。

これが外向きの姿なのかもしれない。

いつものドジっぷりは鳴りを潜めている。

どうせ家に帰ったら元に戻るのだろうけど。

「ヴェルさんと似ている……ですか？　別に意識はしていませんね。それに、フィセル様が同じ年代の方と、こうやって砕けた様子で話しているのは、初めて見るかもしれません」

アイナが少し驚いたような顔をしながら、ポツリと呟いた。

俺はすぐにクレア王女と目を合わせるが、すぐに逸らす。

確かに、今の会話は年相応なのかもしれない。

二〇〇年前は自分よりも、一回り以上も年が離れている大人とエルフたちとしか関わっていないし、今も家にいる限りはエルフとしか話していない。

そんな俺にとってクレア王女は、俺の過去を知っている、数少ない同年代の人間なのかもしれない。

「そうなんですか。てっきりいつもこんなに子供っぽいのかと思っていました」

「子供っぽいのは昔からです」

「あ、やっぱりですか」

「ちょっとちょっと！　一応俺、前世では三十五歳まで生きてるんだけど」

「二〇〇年前は三十を越したあたりから落ち着き始めていましたが、転生したら元に戻ったみたいですよ」

「そんな……」

「でも、悪いことではないと思います。私はフィセル様のそういうところが好きなので。それでは、私たちの休憩時間もそろそろ終わるので、私とクレアはここで失礼しますね」

「う、うん、そうだね。じゃあ今日この後はここで見学することにするよ。頑張ってね二人とも」

「そうですね、もう戻ります。じゃあよろしくお願いしますよ、フィセルさん」

「では行ってきますねフィセル様。私の姿を見ていてくださいい」

俺はそう言って背を向けた赤髪と金髪の女性二人を見つめた。

楽しそうに談笑しながら去っていく人間とエルフの二人を。

おそらくクレアはバンやアイナの事を相当尊敬している。

そしてこの関係は彼らが二〇〇年かけて作り出したものなのだろう。

だけど、

「人間とエルフが共存できているなんて最高じゃないか。なのに、なんでグエン王子とか言う奴は」

俺は数日前にこの王城でその存在を知った、エルフを排除すべく暗躍しているらしい王子を思い出し、拳を強く握りしめながら誰もいない空に向かってそう呟いた。

そんな俺を物陰から見つめる人影があるとも知らずに。

それから一時間ほど騎士団の剣の練習をぼーっと眺めていたが、アイナの強さを再認識することになった。

さっきなんて二十人対アイナ一人みたいな形式でやっていたが、彼女は一回も攻撃を受けていない。

そしてここにいる騎士団員を全員蹴散らした後、クレアとの一騎打ちもやっていたがいいように遊ばれて、ものの数分で決着がついてしまった。

クレアだって相当な実力者であるはずなのに、アイナはずっと利き手じゃない左手で剣を握ったまま戦っていたにもかかわらずだ。

どうやら今の俺の師匠は俺の想像を超す強者のようである。

勿論、昔俺に仕えていた時から二〇〇年が経過しているし、その頃から俺が一度もけがを負ったことがないほど護衛として優秀だったから、当たり前と言うべきかもしれないが。

そして午前の部が終わったようで、そんな師匠が俺の休んでいた木陰まで歩いてくるのが見えた。

いつもの朝のように汗はかいていない。

なるほど、双子の兄であるバンじゃないと対等にやり合えないという事だろうか。

「お疲れ様、アイナ」

「いえ、……そのどうでした？　実戦形式ではないので何とも言えませんが、これでも私が強くなったことをお伝えすることができたでしょうか」

そう嬉しそうに声を弾ませたアイナが、座っていた俺の横にストンと座る。

その顔はやはり、騎士団長としての顔だ。

ルリもそうだったようにアイナも外での仮面をかぶっているんだな、となんとなく寂しい反面嬉しい気持ちが俺の心を覆った。

普段のアイナを知る人は俺たちしかいないということでもあるだろうから。

「うん、びっくりしたよ。他の騎士団の人を蹴散らしているところなんてもう見ていて清々しかったよ！」

「それでもあの人たちは今年から騎士団に入った新人たちなので、負けるわけにはいかないんですけれどもね」

「いやそれでも凄いよ！　流石俺の最高の護衛だけある！」

俺がアイナのほうを向いてにっこり笑うと、アイナも俺の顔を見て嬉しそうに微笑み返してくれた。最初の方は誰かさんの所為で辛い思いをする羽目になったけど、この笑顔が見ることができただけでもよしとするか。

「ありがとうございます。頑張った甲斐がありました」

「うん。で、この後はどんな感じなんだい？」

「この後は特に決まっていませんね。私が体を動かし足りない日は残りますし、何か用事がある日はここで上がっています。フィセル様はどうしたいですか？」

「俺？　うーん、今日はもう疲れたからあまり歩き回りたくないかな。ここで見学してるだけでも楽しかったし、このまま残ってようかな」

何を隠そうもう両手及びふくらはぎに筋肉痛が来ているのだ。

もはや筋肉痛じゃなくて単純に痛めている気もするけど。

こういうのは回復薬で治るのだろうか。

二〇〇年前は筋肉痛をわざわざ回復薬で治すっていう発想がなかったから試してないや、と物思いにふけっているとアイナが何か思いついたと言わんばかりに手を叩いた。

「じゃあ私もここで座って見学するとします。こうやって二人きりでゆっくりするのはあまりない機会ですからね！」

「うん、そうしようか。となるとお昼ご飯はどうしようか……」

「あ、それならダニングにお願いしてありますよ。いつも私は頼んでいるので。じゃあ取ってきますね、少し待っていてください」

そういってアイナはポケットからシズクが持っていたようなバンドを取り出して、そのうちから赤玉を一つとって地面に落とし、光が彼女を包んだと思えばもういなくなっていた。

そして十分としないうちに彼女は一匹のドラゴンに乗って広場に帰ってくるのだった。


それから俺とアイナは騎士団の稽古を眺めながらいろんなことを話した。

この前ダニングから聞いたように、先ほどアイナが移動手段に用いたドラゴンは、昔お世話になった『ドラグ』とは違うという事や、ルリが従えているドラゴンについて。

ルリが先日怖かったことや、ダニングと少し言い合いになってしまったことの他にも、本当にたくさんの事を話した。

会話の中でアイナは表情豊かに時に笑い、時に物憂げな表情をしたりと、いつもの彼女のように戻っていったがどちらかと言うとやや複雑な表情をする場面のほうが多かった。

まるでこの前のダニングと同じ表情のように。

特にバンの指輪の話を少し振ったときにはそれが顕著に出ていた。

恐らく妹からしてもあまり話したくはない話題なのであろう。

他に俺が引っかかった話題としては、『グレイス街』について軽く振ったときにアイナは一番儚げな顔をした。

もちろん暗い話題だけじゃなくてたくさん面白い話をしたし、聞いた。

なんでも今の人間には『クリーガー』と呼ばれる、戦闘において類まれなる才能を生まれた時から持つ者がいるらしいのだ。

その者たちは大体十五歳でそれが発覚するらしい。

彼らはそれが発覚してしまうと、学校卒業と同時に半強制的に騎士団に入れられてしまうが、相当良い身分を用意されるらしい。なんとも羨ましいことだ。

俺もそんな風に生まれていればもっとかっこよかったかもしれないのにな、とも思うがない物をねだってても仕方がない。

というかそんな制度があるのすら知らなかった。

……凡人には関係ない話ってことか。

「フィセル様はクリーガーの人たちが羨ましいと思うのですか？」

そんな思いを馳せている俺に、彼女はいつもの表情で聞いてくる。

「え、なんで？」

「顔に『羨ましいな』って書いてあるように思えたので」

「うーん、まぁ羨ましいかどうかって聞かれたらそりゃあ羨ましいよ。だって生まれながらにして輝かしい人生が約束されているように思えるよ。特に俺は凡人が努力して、何とか結果を残せたタイプだから。昔、そして今の俺とは真逆だ」

「そうですか。いえ、気にしないでください。それに私は今のフィセル様も大好きですよ」

俺が自虐的に感想を述べていると、彼女は俺の目を見て微笑んだ。

ここまでストレートにものを言われるとどこか気恥ずかしくなってしまう。

言葉を紡ごうにも中々思考がまとまらずに口をパクパクさせるのが精いっぱいだった。

「アイナ、なんか今日は大人っぽいね」

「いつも騎士団に来るときは、とあるルーティーンでスイッチを入れていますので。それでオンオフを切り替えているんです。……家に帰ってこの発言を思い返したら恥ずかしくなってしまうかもしれませんね、でも本音ですよ」

「そうなんだ。……俺もアイナの事が大好きだよ」

「ふふっ、それは家族としてですよね。でもいつか……」

彼女はそこまで言って口をつぐんでしまった。

恥ずかしいからなのか、何か悲しいことを思い浮かべたからなのか俺にはわからなかった。

「俺がアイナたちを嫌いになる日は絶対に来ないと思うよ」

絶対に来ない。

そう言い切りたかったし言おうとしたけれど、口が自然と『思う』と付け足していることに驚く。

「優しいですねフィセル様は。私はやっぱりフィセル様が大好きです」

そして彼女は徐に俺の右手を取るとその手の甲に柔らかい口づけをした。

アイナがこんなことするなんて珍しすぎて俺はわかりやすく動揺してしまった。

「ア、アイナ？」

「エルフの国では昔、騎士が忠誠を誓うときにこうしていたんです。主に男性が女性にですけどね。

ふふっ、あの家ではこんなこと絶対できませんね。今だからできることです」

「……ありがとうアイナ」

俺はアイナの唇が触れた右手を左手で包む。

何となくだけど右手のほうが温かい気がした。

「これも家に帰ったら恥ずかしくて悶絶するものかもしれませんね」

「いや、格好よかったよ。これからもよろしくね」

「……はい」

そう小さな声で呟いた彼女のほうを見たが、もう落ちかけている太陽が俺たち二人を赤く染め上げている所為でどんな表情をしているのかあまりわからなかった。

そしてその日の夜、とある部屋から
「私はなんであんなことを～？　は、破廉恥な……。しかもするならするで、唇にすればよかったのに何を格好つけてるんですか私の馬鹿、馬鹿～！　あぁぁ、一体明日どんな顔をしてフィセル様に会えばいいのでしょうか……。い、いえ、あれは神聖な……」
「アイナ！　今何時だと思っているんだ！」
という呻き声とベッドを踏み鳴らす音、そしてそれを窘（たしな）める兄の声が長いこと聞こえたとか聞こえなかったとか。

「ふぁーあ、今日もよく寝た」

そんな風にだらしないあくびとともに今日の俺の一日は始まった。

アイナたちと体で動かすのを週に三回と決めてからというもの、そうでない日はこのようにのんびりと過ごすことが多くなっており、このように未だ冴え切らない脳のまま階段を下りてリビングへと向かっているところだ。

「おはようございますご主人様。随分と眠そうな顔をしていますね」

そしてちょうど階段を下り切ったところで、廊下を歩いていたヴェルと遭遇する。

銀色の髪をはためかせながらこちらを振り返った彼女は、みんなの洗濯物を外に干しに行こうとしているようであった。

いつ、どんな時でも彼女は絵になるな。と思いながら、こちらの存在に気づいた彼女に向かって話しかける。

「おはようヴェル。今日はいい天気だね」

「はい、絶好の洗濯日和です。なんならご主人様も一緒にお洗いして差し上げましょうか？」

だが現実はそう甘くなかった。いきなりの言葉の暴力。

寝起きであまり頭が回っていないというのもあり、一旦は彼女のセリフが右から左へと流れるが、やっぱりおかしいことに気づき、いつもと変わらない表情で俺のことを見る彼女に反論する。

「ちょっと待って、どゆこと？　洗濯もの扱いなの、俺？」

「はい、私の手にかかればどんな汚れも真っ白です。たとえ心が真っ黒に染まっていたとしても、慈悲深き私がすべてまっさらにして差し上げます」

「いや俺の心は純真潔白だから。ヴェルの方がよっぽど黒いと思うよ。なーにが慈悲深きだ」

「ふふっ、確かにそうですね。私の方が黒いかもしれません」

「なぜ寝起きの一発目から冗談を……？　……なぜ？　すでに俺の体力が削られてるんだけど。起きたばっかなんだけど」

「なんだかご主人様に、いやらしい目で見られているような気がしたので」

「見てないよ。神に誓って言える」

「見ていました。恐らく『やっぱりヴェルはいつ見ても絵になるな、このまま押し倒して……』」

「おいいいいい、ちょっと待て？　前半部分は百点満点だけど後半はまるで違う！　そんなこと朝から妄想しているわけないだろう！　それにこれをルリなんかが聞いてたら……」

「冗談です。まぁ朝から盛んなのは悪いことではないと思いますよ。では私は仕事がありますのでこれで失礼します」

辺りを見渡した俺を無視して、彼女は手に持っている洗濯籠を握りなおした。

一方の俺はというと朝から叫んで息切れ状態だ。

「なんで朝からこんな目に……」

「私のことを変な目で見るからではないでしょうか。私は別にご主人様になら何されてもいいですけどね。あ、これは冗談じゃないです」

「君は本当に変わってないね……本当に」

「それはご主人様もですよ。今日がいい日になりますように。では私はこれで」

「うん。またあとで」

そして今日初めて、柔らかい微笑みを見せたヴェルと別れた後、いつも通り厨房へと向かいダニングに朝食をもらう。

どうやら今日はパトラ王女に昼食を作る日らしく、いつもよりも忙しない様子で食材に向かっていたが、ちゃんと俺の分の温かい朝食は作ってくれていた。

そんな温かい食事をもってリビングへと向かうとそこにはシズクが、いつにも増して気だるげな顔もちでコーヒーをすすりながら新聞を読んでいる姿が目に入った。

「おはようシズク。朝からいるなんて珍しいね。いや、この前も会ったっけ。なんか疲れてそうだね」

「ん？　あぁご主人か、おはようさん。いやちょっと昨日色々あってあんまりというか、全く寝てねぇんだ」

シズクはそう言いながら新聞を半分に折って机の上に放り投げて一つ大きなあくびをした。

やはりいつもより機嫌が悪いというか調子が悪そうに見える。

俺は目の前の朝食を口に放り込み、口の中のものがなくなってからまたシズクに問いかけた。

「徹夜ってこと？」

「そ。さっきシャワー浴び終わったからまたちょっと休憩したら王都に戻んねえと。めんどくせえなぁ、ふぁああああ」

そう言って大きく伸びをした後、再び俺の方に向き直った。

俺はそんな彼女の紅い瞳を見つめて、少しきつめの口調で話しかけた。

「徹夜なんて体に毒だからしない方がいいよ。女性ならなおさら」

「はっ、それをご主人が言うか。二〇〇年前は一週間とか平気で徹夜していた男が。多分今の言葉をどのエルフに言っても『いや、お前が言うか』って返されると思うぜ」

「懐かしいね、確かに昔の俺には余裕がなかったよ」

そう言って昔のことを少し思い出してみると、正直無理しまくった記憶しかない。

研究に励んで気を失うようにして寝て、気づいたらヴェルとかシズクに看病されてて。

本当に、あの頃の俺は目の前のことしか見えていなかった。

エルフを救うため、腐った常識を変えるためにただただ一直線に。

わき目もふらず、自分の体を顧みず。結局最終的には動けなくなってしまった。

だからこそ今のこの平和な世の中があるのかもしれないけど。

そう思えば安い代償だ。

「懐かしいなぁ、色々あったな確かに。中々研究をやめようとしないご主人を、私とヴェルの二人でベッドに縛り付けて動けなくしたこともあったっけか。ヴェルも涙目で、ありゃ大変だった。私らエルフの雰囲気も最悪だったな。無理にでも止めるべきなんじゃないかって」

「あー、そういえばあったなそんなこと。起きてびっくりしたよ、だって目が覚めたらベッドに括り付けられていたんだよ？　何かしらの事件か陰謀に巻き込まれたかと思った」

「他にもあるぜ？　ルリを肩車してる最中に疲労で気を失ってあわや大惨事になったり、風呂で寝ちまって水死しかけたり。睡眠時間を週単位で計算し始めた時はどうしようかと思ったよ。今思うとご主人は本当に何やってんだ」

「……ま、まぁ昔の話だし」

そう言って視線を逸らすと彼女はジト目で俺を見つめた。

視線が痛い。

「まっ、それに比べると私ももっと頑張れるってことだ。んじゃちょっと寝てくる。また起きたら王都に行くけど、気にするな」

彼女はそう言ってコップに残っているコーヒーをグイっと飲み干してから席を立った。

丁度朝ご飯を食べ終えた俺も、食器を返しに行くために席を立つ。

「またすぐ王都に戻るの？」

「あぁ。部下に仕事を任せてるからな。それより今日のご主人はなんか予定あんのか？」

「なんにも。しいて言うならちょっと魔法具関係に手を出そうかなと思ってたくらいだよ。今の俺でもできることをちょっとずつ探していかないといけないからさ」

「ふーん、じゃあ今日は一日家にいる予定だったってことか」

「そうだね。今日バンが王都の方から魔法具の本を持ってきてくれるらしいから、それを受け取る以外は予定ないし、今日は家に引きこもるかな」

ダニングに食器を返し、会話をしながら廊下を二人で歩いているとシズクが嬉しそうにこちらを見た。

先ほどの気だるそうな顔とは打って変わって、悪戯を思いついた子供のように輝いた目をこちらに向けて。

「んじゃ一緒に寝るか。二時間ぐらい付き合ってくれや。っと、どこ行くんだご主人、話はまだ終わってねぇぞ」

彼女がそう言い終える前から嫌な予感がしていたので、すでにシズクからある程度の距離を保っていたのだが、それもむなしくすぐに距離を詰められ俺は腕を掴まれる。

そしてそのまま腕を彼女の豊満な胸へと沈めていく。

った。

「んじゃレッツゴー」

「え、ちょ、まじですか？　今から？　あぁ？？？？？！」

「良い抱き枕ゲット～。はっ、家に帰ってきた甲斐があったってもんだ」

「へ？」

そのまま非力な俺は逃げることも許されず、俺は無抵抗なまま彼女の部屋に連れていかれてしま

嬉しそうなシズクに「んじゃお休み」と、半ば押し倒されるようにしてベッドに横たわる俺は今、背後から彼女に抱きかかえられるようにして二人で一つの布団の中にいた。

どうやら彼女はもう夢の中の世界にいるようで、先ほどから一定のリズムで寝息が聞こえてくる。

俺の体をがっちり逃がさないと言わんばかりにホールドしたままで。

本当に抱き枕状態だ。

「んんぅ」

そしてモゾモゾと彼女が軽く動くたびに、女性特有の柔らかい体が俺に押し付けられてもうなんかいろいろとやばい。男としてこのシチュエーションに興奮しない奴はそういないと思う。

こんなところをアイナとかルリに見られたらやばいことになるくらいはわかっているけれども、疲れているシズクが少しでも満足できるなら仕方がないだろう。

そう、仕方がないのだ。これは必要なことなのだ。

となると今は深いことは考えず、こうなった今は存分に堪能するしかない。

抱きかかえられている形だから、彼女の姿は全く見えないのは少し残念だが。

といった感じで一旦は思考を巡らせた後、なんとなくぼーっとしているとだんだん自分の瞼も重くなってきた。

そして何回目かのあくびをした後、俺もまた夢の世界へと落ちていくのであった。

『そうそう、君の名前はなんていうの？』

『名前なんかない。もう捨てた』

『じゃあ好きなように呼んでもいい？』

『勝手にしろ、どうせ死ぬんだから』

『じゃあシズクで』

……懐かしい夢だ。

あれは確か私がご主人と初めて会った日か、次の日か。

今でもたまに夢に見る、始まりの日。

あの日、『シズク』というエルフが生まれた。

はじめこそご主人に対してきつい態度をとっていたし、なんなら死ねばいいと思っていたが、ご主人が私の呪いを本気で解こうとしているのがわかってからはどこかすでに心を許しつつあったのを、今でも覚えている。

だからこそ、呪いがとうとう私の命火を消そうとしたとき本当に怖くなった。

死にたくないと思った、生きたいと思った。

もうこの世のすべてが私の敵であるんじゃないかと思った私でさえも、一筋の光が見えた気がした。

だけど呪いは容赦なく私を蝕んだ。

果てには意識をも失い、真っ暗な闇の中に放り込まれたのを今でも覚えている。

底のない真っ暗な海の中を落ちていく感覚。

それこそ私が死の間際に経験した感覚であった。

どこまでも、どこまでも落ちていった。

深い、光さえ届かない底なし海へと。

『諦めるなぁあああ！　俺はお前を絶対死なせない、死なせてたまるか！　お前は生きたくないのか、ここで終わっていいのか！　悔しい思いを抱えたまま死ぬのか？』

だがそんな闇を一人の男が切り裂いた。

闇に沈んでいく私の腕を力強く掴んで引っ張り出し、視界が明るくなったかと思えば私は見覚えのある部屋で気を失っているご主人に抱きかかえられていた。

そこで私は理解した。

この人間に命を救われたのだと。

今でも私は、他のエルフたちと違い、人間に対しては特別いい感情を抱いていない。

そもそも、私を苦しめたのは人間なのだから。

それでもあの日から、私はこの人間にだけはついていこうと決めたんだったな。

当の本人はあの日のことをほとんど覚えていないらしいが、私にとっては人生の転換点であり、一生忘れることのない思い出だ。

そう思ったと同時に目が覚める。

部屋にかけてある時計を見ると、ベッドに入ってから丁度一時間が経とうとしている頃であり、そして私の腕の中にはすやすやと寝息を立てる、私の命の恩人がいた。

「間抜けな顔しやがって……、あんたのおかげだよ、本当に」

彼が起きないようにそっと優しく腕に力を込めてご主人を抱きしめた。反応はない。

「もう少しだけ堪能させてもらうとするか」

そして私は再び眠りについた。

が、それが間違いだったと気づいたのは再び目を覚ました時であった。

私が再度目を開けると、さっき起きた時から更に二時間以上経過した時計が私をあざ笑っている。

最初こそ寝ぼけているのかとも思ったが、段々と意識がはっきりしてくると今自分の置かれている状況がわかってきた。

「っておいいいいい、寝坊じゃねぇか？」

私は跳ね起き、ご主人を投げ飛ばしてベッドから飛び降りる。

背後で命の恩人がベッドから転げ落ち、「痛ってぇ?」という素っ頓狂な声をあげたが、私は振り返ることなく王都へと向かう準備をする。

そうは言ってもやはり少し気になって振り返ってみると、ご主人は今自分がどこにいてどういう状況なのかわかっていない様子で、あたふたしていたけれどもとりあえずは置いておくことにした。

多分ヴェルあたりがフォローしてくれるし、これ以上遅れると王都の奴らに何と言われるかわかったもんじゃない。

家に帰ったら謝らないとと思いつつも、どこか多幸感が溢れる心持ちの中、椅子に掛けておいた上着をとってポケットに手を突っ込み、中にある赤玉を地面に落として家を後にした。


「遅いですよシズク様、一体どうなさったので……」

淡い光に包まれた私が次に目にした光景は見慣れた部屋であった。

ここは一度ご主人とも来たことがある、王都に位置する私の仕事場だ。

あの時は誰もいなかったが今は私以外にも一人、エルフがいる。

私とともに、ここで『黒い悪魔』と呼ばれる組織を運営する部下の一人だ。

「どうしたのですかその服装」

だが彼女はとても上司を見るような視線ではなく、引きつった顔をしながら私を一瞥(いちべつ)し後ずさりした。横に立てかけてある鏡を見ると今の私は下着の上からシャツを着ただけで、上着を手に持っ

ているというよくわからない服装をしているのが見えた。

とても今から仕事をする者の服装ではない。

「あーいや、さっきまで仮眠してたんだが、寝坊しちまってな。下に何か穿いて寝られねぇし仕方ねぇだろ」

「疲れているのはわかりますがその服装では、付き合ってもいない男性の家でお泊りしてそのまま来ちゃった、てへっ☆。という尻軽女にしか見えませんよ」

「おー、よくわかったな。そんな感じだ」

部下の発言が思いのほか的を射ていることに驚きつつ、適当に相槌を打つ。

こいつが言っていることは間違ってないしな。

「わかってますって、冗談ですから早く服を着替え……、え？」

「すごいなお前、大体そんな感じだ。んーと、確かそこのロッカーにこの前忘れていったズボンが……」

「ちょっと待ってくださいシズク様、今なんて言いました？　えっ、男いるんですか？　どどどどどういうことですか？」

寝起きで重い体を頑張って動かし、部屋の隅にある箱を開け、何か身にまとうものがないかと物色していると部下のエルフが私の腕を震える手で掴んでくる。とてつもなく動揺しているみたいだ。

そんな彼女の手を払いのけて私は物色を再開する。

「んだようっせーな。この前言っただろ、恩人と再会したからここにいる頻度が減るって」

「で、でもそれはあのヴェル様ではなかったのですか？」

「ヴェル？　なんであいつの名前がここで出てくんだ。ちげーよ、男だよ。っと良いやつ発見」

私は箱の中に入っていたズボンに足を通す。私のだから当たり前であるがサイズはぴったりだ。

その間も部下はあれやこれや質問してきたが右から左に流して自分の椅子について机の上に置いてある書類に目を向けた。

「男……？　あの男嫌いのシズク様に男……？　も、もちろん相手はエルフですよね？」

「別になんだっていいだろ。あー、もうがたがたうっせえ！　仕事だ仕事、さぼってんじゃねえ」

「いや、遅れてきたのはシズク様ですからね？　大遅刻ですからね、何時間待ったと思ってるんですか？」

「ちっ、バレたか」

「はぁ、もういいです。あとでじっくり聞きます」

そう言って彼女は深いため息をついた。

正直質問に疲れてこっちがため息をつきたいくらいだ。

「お前もとっとといい奴見つけねえと一生独り身だぞ。一人寂しく家で、乾いたパンをむさぼる人生だぞ。いや、涙でパンは濡れてるから乾いてはねぇか」

「うるさいです、余計なお世話です！　妙な想像なんかしていないで早く仕事してください！」

「へーへー」

私は、ぷんすか怒りながら彼女が追加で差し出してきた書類に再び目を落とす。

だが、頭の中はあの夢のことでいっぱいであった。

早く帰りてぇ。

その言葉をどうにか吐き出さないように踏ん張って、昔のことに想いを馳せながら、とりあえずは目の前の仕事に向かおうとした私は、ふと横にある本棚の本と本の間に一枚の封筒が挟まっているのに気がついた。

まだ集中しきっていない私は、それが気になってやや雑に引っこ抜くと、封筒の中には一枚の手紙が入っており、机の上で頬杖を突きながら文字を追った。


『こんにちは、どうも。私はЖЖЖという名を今から約一七〇年前に、とある青年からもらったエルフだ。この手紙を見つけるなんてお前は随分幸運に恵まれたようだな。

せっかくだから今回は少し私の話を聞いてほしい。

私はこの手紙を書いている時までに四〇〇年ほど生きているがその人生は中々に壮絶なものだった。

それはもう物語として本に書けるんじゃないかと思うほどに。

だが残念なことに、今のこの時代において昔の事を書くことは法律で禁止されているんだけどな。

いや、今お前はこうして手紙という形で文字に起こしているじゃないかって？

この手紙はその法律が施行される直前に書いているものだから、そこんところは甘く見てほしい。

その法律を作ったのは、他でもない私たちなんだがな。

前置きはこれくらいにして、少し昔話をしよう。

二〇〇年前にエルフの国が滅ぶ前、私は王城に仕える諜報員として活躍していた。

諜報員と言っても、国内の情報を集めて国王に報告するだけのただの駒だったが。

諜報員として活動している時、私は幾度となく周りの種族の情報を集めたほうが良いと忠告していたのだが、上司も同僚も全く聞く耳を持たなかった。

エルフは気高い孤高の存在。他種族の情報など無意味と言って聞かなかった。

だからこそ自分たちの力を過信した、人間の欲深さを甘く見たエルフの国が滅んだのは、至極当然だったのかもしれない。

そして王国の崩壊とともに、私はいとも簡単に捕らえられ人間に売られた。

それから奴らは私に忌々しき首輪をつけ、命令に逆らえないようにするとそれはもう悪行の限りを私に対して行った。

そして私は仲間にも裏切られ、生きているのが苦痛に思えるほどの責め苦を人間に受けさせられ、最終的に私は腐った性根をもった研究者に『呪い』をその身に植え付けられて、また売りに出された。

じわりじわりと私の命を削る呪いを。

五〇〇万G。

それが死にかけの私に最後につけられた付加価値であった。

人間の奴らはそんな私を見て嘲り、同情し、興奮し、蔑んだ。

この時私はもう世界を、人間を、神を恨んだ。

この世に生を受けたことさえも。

だけどそんな私にたった一つだけ死の間際に奇跡が起きた。

今の私のココロの半分以上を占める、あの人に出会えたという奇跡が。

もし彼が、あの時あの競売にいなかったら私は一体どうなっていたのだろうか。

おそらく死ぬまですべてを恨み続け、呪いに絞め殺されていたに違いない。

絶対に今の私はないと言えよう。

その後私を家に連れて帰った彼は私の呪いを解いてくれただけではなく、住処を、食事を、仲間を、そして生きる意味を与えてくれた。

最初、悪態をつきまくっていた私に。

そして彼は自分の命を犠牲にして、すべてのエルフを助け出す道筋を作りだしてくれた。

あの時の彼にとっては、ただの道具でしかなかったエルフをだ。

回復薬や魔法、魔法具など彼が作り出したものはどれもこれもエルフを助けることを念頭に置かれたものであり、私たちは彼が残したモノを手に、ついにはすべてのエルフを解放することができた。

だから私たちは、この先の平和な世界で彼が転生することを願い続けている。

彼は死に際に、彼の開発したオリジナルの転生魔法を体に宿して息を引き取ったから、また会える可能性はゼロではない。

私たちはこの命が潰えるまで待ち続ける。

エルフは幸運にも寿命が長いからな。

でももし仮に彼が転生に成功したとして、彼は今の私たちを見てどう思うのだろうか。

いや、正確には『私たちがやってきたこと』を見て。

彼が死んでからの五〇年間で私たちは革命の準備を行い、そこから一〇〇年かけて人間とエルフが笑いあえる世界を作った。

だけれども、恐らくこの方法及び辿ってきた道のりは彼が望んだものではなかった。

彼の思い描いた計画とは、恐らく似ても似つかないものであった。

でも、私たちもどこか心の中でニンゲンを許せなかった。

ご主人以外のニンゲンを。

ご主人に私たちを許してくれとは言わない。

あの頃のようにすべてを愛してくれとも言わない。

だけど、もし彼が生まれ変わったときはどうか私たちが作り上げたこの世界を愛してほしい。

汚い私情に塗(まみ)れた私たちにはこれが限界だった。

でも願わくは、もう一度だけあの楽しく、かけがえのない日常を……。

この手紙を読んだあんたが生きているのがどの時代で、どういう人かわからないが誰も悲しまない世の中になっていることを願って締めさせてもらう』

「懐かしいなこれ、確か五〇年くらい前に私が書いた奴じゃねえか」

一通り読み終わった私はもう色あせつつある手紙を、ひらひらと煽る。

この手紙は、今の王国が建国されるとなったときに私が書きなぐった弱音のようなものであり、正直もう存在すら忘れてしまっていた。

というかこんな誰にも知られたくない秘密を赤裸々に書き綴った手紙が本と本の隙間にずっと眠っていたことに驚きだ。

多分一時のテンションで書きなぐったのだろう。

もうこれは焼却処分行きだな。

「この手紙を読んだあんたがどういう人……ね。残念、五〇年後の私だよ」

少し恥ずかしくなった私はぶっきらぼうに過去の私を馬鹿にする。

一体どういう感情でこれを書いたんだろうな本当に。

「どうされたのですか？」

私がその手紙を封筒の中に再びしまったところで、部下のエルフが私の手元を見ながら尋ねてくる。そういえばこいつがここにいるのを忘れていた。

「いや、別に。しゃーねぇ、仕事に戻るか」

面倒くさそうにそう呟くと、彼女は満足した様子で部屋から出ていった。

私は今、世間で『黒い悪魔』と呼ばれている組織を運営している。

人間たちは私たちの組織を、エルフが人間によって危害を加えられるのを防ぐ組織だと認識しているし、それがだんだんと派生して悪い人間を始末しに来るという、おとぎ話の一種として語り継がれている。

だが本質は違う。

本来私たちは『エルフの言動を制限するため』に動いているのだ。

エルフは寿命が長く、中には手紙の私が書いているように人間にひどい思いをさせられてきた者が多くいる。

だがもちろん今の人間はそんなこと知らないし、建国されてから生まれたエルフたちも勿論そんな過去は知らない。

それもこれも私たちが過去を知るエルフに、過去について話せないように細工をしたからだ。

過去に流通していたエルフの行動を規制する首輪から派生したものだと思ってくれればいい。

そしてこのアジトでその魔法および魔法具を管理しているというわけだ。

それでも中にはずっと人間を恨み続けている者もいるし、私たちはそのために色々な策を、この二〇〇年かけて打ってきた。

しかし、あまり褒められたようなことはしていない。

そして私たちにすべてを託したあの人も望んだことではなかっただろう。

人間も人間で今蔓延(はびこ)っている過去について知っている者も多くいるが、私たちの規制魔法はあくまでエルフにしか効かなかった。

だから人間については今の国王に丸投げしているが、まぁ上手くやってくれているんだろう。

それでもやはり変なことを企む人間は少なからずいる。

私たちの組織がそいつらを処理すべく動いた結果、今のような立ち位置になったというわけだが。

私の過去の経験も生きているというわけだな。

更にもう一つ、私には重要な役割がある。

それは今住んでいる家、そしてかつて私たちが住んでいた家を管理することだ。

今もこのアジトから結界魔法を管理し続けているし、恐らく誰にも破られないとは思っている。

裏を返せば、それだけ中には見られたくないモノが詰まっているという事だ。

特にかつて住んでいた家には私たちの歩みがすべて詰まっているのだからな。

かれこれご主人と再会してそこそこの時間が経とうとしているが、ご主人はもう過去について探るのをやめているようにも見えるし、かつてのような平和な日常が取り戻されていることを思うと本当に嬉しい。

七人で暮らす最高の生活。

過去の私が願ったことが実現されているのだ。これ以上に幸福なことはない。

「だからこれはもういらんな」

私はそう言って右手に炎魔法を纏い、そのまま手紙を焼き払った。

炎に包まれた手紙は、瞬く間に灰となり空気中へと霧散していく。

その灰を見届けた後、私は何も言葉を発することなく書類へと視線を移した。

時は少しさかのぼり、森の中にそびえる一軒の家にて。

「っておいいいいい、寝坊じゃねぇか？」

その声とともに俺は眠りの世界から現実世界へと引き戻され、ついでに地面に叩きつけられた。

顔面に走る激痛に、今俺がどこにいて自分が誰なのかわからなくなる。

いや、流石に自分が誰なのかくらいはわかるか。

「痛ってぇ？」

そんな俺ができたのはとりあえず、潰れたカエルのような声を出すことだった。

だがそんな事お構いなしに、俺を蹴散らしていった女性は淡い光を迸らせてその場から消えてしまう。

急に静まり返った部屋に残されたのはただ一人、顔面の激痛に悩まされながら今どういう状況か理解しきれていない男のみ。

「え？　どういう状況？」

俺はよくわからないまま、誰もいない部屋に向かってそう呟いた。

ようやく先程までのことを思い出した俺は、とりあえずシズクの部屋から出てリビングへと向かうことにした。

未だ叩きつけられた頬は痛む。

確かに彼女は二時間ほど仮眠をとったら家を出ると言っていたし、さっき時計を見たら大分寝坊したと思われるから仕方がないと言えば仕方がない。俺と違って彼女は忙しいのだから。

「にしてもこの仕打ちは酷いよ……。何か悪いことしたか俺？」

「たっだいまー！」

「ただいま帰りました」

あまりの出来事に、頬をさすりながら思わずそう呟き廊下を歩いていると、丁度前からバンとルリが玄関の戸を元気よく開けて帰ってきたのが聞こえてきた。

その声を聴いて俺は進路を玄関へと変える。

「二人ともお帰り、この時間に帰ってくるなんて珍しいね。というか今日は二人同じところに行ってたの？」

「あぁ主、お疲れ様です。ルリとはついさっきそこで会いました。丁度良かった、俺はこれを主に渡したらまた王都に向かいます」

そう言ってバンは、かばんの中から本を数冊取り出し、俺に手渡してくれた。

俺がバンに頼んでいた魔法具についての書物だ。

他の人からすれば難しいことが書かれたつまらないものに思えるかもしれないが、俺にとっては知的好奇心が詰まったモノ。

ただの書物なのに俺にとっては、子供の時にもらうプレゼントのように輝いて見えた。

親にそういった類のものをもらった記憶はないけれど。

「おぉ！　ありがとう。いいのこれ借りちゃって」

「貸すというよりも差し上げます。というか何か欲しい本とかあればいくらでも用意しますよ。流石に主が持っていた二〇〇年前の書物とかはもうボロボロになっているでしょうから、こちらで新しいものを買いますし」

「やった！　じゃあこれ読み終わったらまた言うね」

「はい」

「お兄ちゃんが欲しいものあれば私もなんでも用意するから言ってね！　なーんでも用意できるから！　どんな貴重な薬草でも凶暴な魔物の尻尾でも、私ならいつでも狩り取れるから！」

俺とバンのやり取りを今まで黙って見ていたルリが、そう言って俺に抱き着いてくる。

朝からスキンシップの多い子だ。

しかしこうしていると本当に犬みたいである。

多分尻尾があればブンブン振っているに違いない。

俺はそう思いながら彼女の頭を撫でた。

「そうだね、じゃあルリにはまた今度……」

「ねぇ、なんでお兄ちゃんの服からこんなにシズクお姉ちゃんの匂いがするの？」

だがそんな考えは酷く甘かったことを痛感させられた。

彼女がそう言った瞬間、突然背中に悪寒が走る。

さっきまでのかわいらしかった声と仕草はどこに行ったのやら、子供が見たら大泣きしてしまいそうなほどの目つきと心臓の奥の方まで響き渡る低い声。

全身の危険察知センサーが総出で、ここから逃げろと言っているのがわかった。

それどころかどんどん彼女から魔力が放出されている気がしてならない。

「え、いや、これはその……」

視線をゆっくりルリから外してバンの方を見たが、俺の目がとらえたのは彼の後ろ姿だった。

あの野郎、危険を察知して逃げやがった。

そしてもう一度視線をルリに戻すと、そこには狼がごとくギラギラの目をこちらに向けている一人の少女がいる。

「おいバン！　ちょっと待ってくれよ、一人にしないでくれぇ！」

「ねぇ、もしかしてシズクお姉ちゃんと〇〇〇したの？」

「おおお、落ち着けルリ、大丈夫だそんなことは断じてしていない。これはあれだ、今ルリとしているようなことをシズクともしただけだ」

背中を汗がだらだら流れるが正直それどころじゃない。

俺は震える手でゆっくりと彼女の頭を撫でた。

牙をむいている狼をたしなめるようにゆっくりと、ゆっくりと。

「ふーん。……じゃあルリの匂いで上書きするね！」

俺はそのままいつもの表情に戻った彼女に押し倒されて廊下に叩きつけられる。

さっきと違って俺の体に何の衝撃もなかったのはルリの魔法のおかげなのかもしれないが、正直
そんなことも考えられないくらいに俺は焦っていた。

そんな中彼女は満足そうに俺の体に顔をこすりつけていたが、もはや俺はエサ状態である。

アイナ……、君の教育は多分だけど、どっかで致命的なミスを犯したよ……。

そんな事を想いながら俺は、満足そうな彼女の頭を気が済むまで撫で続けるのであった。

「ごちそうさまでした。っと、今日もおいしかったよダニング」
「そうか。それは何よりだ」
結局あの後数十分ルリに付き合った俺は、解放されてから自分の部屋へと向かい、バンにもらった魔法具の本を読み漁った。

けれども正直そこまで魔法具は発展していないようで、これといった知識を得ることができなかった。

昔とそこまで変わっていないのか、それともこの本には最新のものが載っていないのか。

真相はわからないが、とりあえずバンに頼んでどんどん持ってきてもらうことにしたから今後に期待である。

それに今日俺は別にやることがある。

ダニングが作ったローストビーフを余すことなく胃に入れた俺は食器をもって、まだパンをもぐもぐしている、銀髪のエルフに声をかけた。

「ヴェル、食べ終わったら俺の部屋に来てくれ」

「私ですか？　珍しいですね、ご主人様が私を部屋に呼ぶのは」

「まぁね。それじゃあよろしく」

俺はそう言ってリビングを後にした。


数分後、俺が本を流し読みしていたところに、ドアをノックする音が部屋に響く。

「入っていいよ」と俺が小さく答えると、ドアがやや遠慮気味に開けられ一人のエルフがゆっくりと入ってきた。

「ごめんね、ヴェル。急に呼び出して」

俺が彼女に向かってそう言うと彼女は顔を赤らめてもじもじし始めた。

「……ヴェル？」

「なるほど、あいわかりました。ついにこの時が来てしまったのですね」

彼女はそう言って目に涙を浮かべながら天を仰いだ。

「んん？　ど、どした」

「いえ、ついに私にもそういう夜のお願いをするつもりに……。いえ、覚悟はできております」

「違うよっ、しないよ！　そういうことを俺がしないのは君が一番知っているだろう」

俺が大声を張り上げると彼女はそうですねと小さく呟いた。

すると、さっきまでのもじもじと顔の赤らみや涙は一瞬で引いていく。

数秒としないうちに、いつも通りの仏頂面に戻ってしまった。

「え、どうなってるの？　一瞬で涙が引いたんだけど」

「演技ですが何か？　それで何の用です？　ご主人様が私を呼び出すなんて珍しいですね」

「そうだね、単刀直入に言わせてもらうよ」

演技の方に反論するのはもう無駄だと判断した俺は、咳払いを一つして言葉を続けた。

「ルリにいったい何があった？　やっぱり彼女の俺に対する執着心は異常だ。昔はあんなじゃなかったし、俺に好意は持っていただろうけど、それとは大分タイプが違う気がするんだけど」

「何があった、ですか。そうですね、ご主人様の知らないところで彼女にはいろいろありました。でもなぜ私に？　アイナに聞くのが普通ではありませんか？」

「俺も最初はそう思ったよ。でもなんとなくうちのエルフのトップは君な気がするからね。君に聞いた方が早いと思った」

「そうですか。……ご主人様がいない時期に、少し精神が不安定なときがありまして。その影響が出てしまっていると言わせていただきましょうか」

ここまで言っても彼女は顔色一つ変えない。

どこまでも悠然としていて達観的で、静かで美しかった。

それと同時にどこか近寄らせない雰囲気があった。

「詳しくは言えないのかい？」

「……………………言えないことはありません」

「じゃあ聞きたいな」

長い沈黙の後、俺がすかさず返事をすると彼女は一息ついてから俺の目をまじまじと見た。

「簡潔に言ってしまえば、完全回復薬の使いすぎです」

「えっ？」

突然思いもしなかった単語が彼女の口から紡がれて、思わず聞き返してしまう。

完全回復薬。

それは俺が考案した回復薬であり、今の時代でもなお一番効力の強い回復薬として知られているようだ。

どんな傷や病気でも一滴程度でみるみる治るし、これを使って俺はバンやアイナの目やダニングの舌、そして目の前にいるヴェルが侵されていた未知の病を治してきた。

だけど、

「どういうこと？　ルリがああなったのは俺の回復薬の所為なのか？」

「落ち着いてくださいご主人様。こちらとしても少し言葉足らずでした、申し訳ありません」

「……副作用とかあったのか？」

自分でも声が震えているのがわかった。

ルリがああなったのは自分の所為なのかもしれない。

何か自分の知らない副作用があったのかもしれない。

そんな思いが胸の中を駆け巡る。

「いえ、そういうわけでもありません。回復薬とはご主人も知っての通り、体の傷や病しか治せませんよね」

「そうだね」

「ルリはご主人様がいない二〇〇〇年でたくさん血を流してきました。そしてたくさん傷つきました。もちろんその傷はすべて回復薬で治せたのですが……、精神までは治りませんでした」

彼女は重そうに口を開いた。

まるでどこまで言うべきかを調整しながら、大丈夫だと判断したところだけ紡ぐように。

「だから少し、精神が壊れてしまったと」

「ルリも自分を認めてもらおうと必死でしたし、私たちもそれに甘えていました。だからこそ今Ｓ級冒険者として活躍しているわけですが……、彼女の小さな変化に気づけませんでした」

ヴェルは表情を変えずにそう言ったが、拳をぎゅっと握る音が俺にも聞こえた。

「ごめん、君を責めるつもりもルリを責める気も全くなかったんだ。これからは俺ももっと彼女に愛情を注ぐから安心してくれ」

「ありがとうございます。彼女を制御できるのは、ご主人様だけですのでよろしくお願いします」

彼女は俺に向かって頭を下げながらそう言った。

俺としては全く彼女を責めるつもりはなかったから、申し訳なさがこみあげてくる。

俺は席を立ってまだ頭を下げているヴェルの元へと近づき顔を上げるよう言った。

そして、

「っ！　ご、ご主人様？」

彼女を力の限り抱きしめた。

彼女が抱えているものが少しでも安らぐように、俺が彼女を愛していることが伝わるように。

「ヴェル、君はもっと誇っていいよ。今こうして七人で幸せに暮らせているのは君のおかげだ、ありがとう」

「いえ、その、ご主人様に仕える身として当然のことをしたまでで……」

ほぼ身長が同じ二人が抱き合っているため彼女の顔を見ることはできないが、声でいつもと違う感じなのはなんとなくわかった。

「いつもありがとうヴェル、そしてこれからもよろしく」

「……はい」

彼女のその華奢な背中に、いったいどれだけの重荷が背負わされているのだろうか。

もちろん他のエルフも例外ではない。

今話題に出たルリだって、どんな思いで今を過ごしているのかは定かではない。

それでも、今だけはこのまま時が止まってしまえばいいのにと思えるほど幸福な時間の中、数分にわたって俺たちはそのまま抱き合い続けるのであった。

そしてその後、ルリと夕方と同じようなやり取りをしたのは言うまでもない。

第四部

ELF & SLOW LIFE

第八章　元・蝗ス邇の日記

○月×日　天気：晴れ
今日、アイナからとある一報が入った。
それは私たち六人のエルフが待ち焦がれた瞬間だった。
あの人がついに、何百年もの時を超えて転生を成し遂げた……？
ふふっ、こんな風にデレたらあの人は喜ぶでしょうか？
折角ですし、今日から再び日記を書き始めるとしましょう。
日記を書くなんて実に五〇年ぶりくらいですね。

○月△日　天気：晴れ
今日はどうやらダニングのところへ行っているそうです。

ダニングも実はああ見えて寂しがり屋なので、ご主人様と再会して泣いているんじゃないでしょうか。アイナとダニングはご主人様と再会できたら今の立場を降りると言っていましたし、またみんなで過ごせそうですね。楽しみです。

追記）なんと今日のうちにルリとも再会していたそうです。
ルリなら変なことをしでかしかねないので少し不安ですが……、まぁ大丈夫でしょう。多分。
そして明日ついに、私たちも会える。

〇月◇日　天気：曇りのち雨
この日、ついに私はご主人様と再会することができました。
つい大声を張り上げてしまう場面もありましたが、最終的には私たちが望んだ方向へと動いたので
よしとしましょう。
ご主人様の唇を真っ先に奪いにかかったシズクは許しませんが。絶対に。
本当に……、本当に夢みたいです。
もし夢ならば覚めないでほしい。

〇月＃日　天気：晴れ
私がご主人様と再会して一週間が経ち、ついにまた七人での共同生活が始まりました。
引っ越しの準備の際に、黒歴史を発掘しに行ったのですが何もなくて残念です。
そして私たちが用意したご主人様の部屋もたいそう気に入っていただけました。
なにか一人でノリツッコミしていましたが、それほど嬉しかったんでしょう。
頑張って準備した甲斐があるというものです。

私も嬉しくてつい、笑ってしまいました。

○月§日　天気：晴れ
ご主人様に早くもシズクの動向が気づかれつつあるみたいですね。

そして何も口を出さないと言ってきたらしいです。

……やはりいつかはご主人様にすべてバレてしまうんでしょうね。

そう思うと少し怖くなってしまう自分が憎い。

いとも簡単に覚悟が揺らいでしまう自分が憎い。

だけど私たちはあの小屋を無き物にはできない。

それは過去から逃げていることと同義だから。

ただ、あの結界を破ることができる者はいないでしょうけどね。

今のところは問題ないでしょう。

○月Δ日　天気：晴れ
色々あり、ご主人様があの頃のように魔法薬の調合にチャレンジすることになりました。

そして今日から始めたのですが何やら見たこともない変な魔法薬（毒？）が生成されました。

それを王都に行って確認してくると言って意気揚々と出かけたのですが、なぜかご主人様は幼くなって帰ってきました。どうやら薬の効果らしいです。ご主人様について、さらに一つ謎が増えました。

ただ小さいご主人様は本当にかわいかったです。今度料理に混ぜてみてもいいかもしれませんね。

○月Θ日　天気：晴れ
ダニングの話によると、今日ご主人様は今の王国の王女様であるクレア様、そしてパトラ様と接触したみたいです。そしてダニングからはグエン王子についての話も聞きました。

昔からそういった話は聞いていましたが、本当に行動を起こそうとしているとは……。

こちらも早いうちに手を打たねばなりませんね。

その時、ご主人様と私たちの関係はどうなるのでしょうか。

○月Ψ日　天気：曇り
今日、ご主人様は冒険者ライセンスを取得しに行きました。

私は前からご主人様に冒険者ライセンスを取っておいてもらおうと思っていたので好都合です。

これでもし、私たちと離れることになってもあの子だけは関係を繋いでおくことができる。唯一、私たちの計画に深く関わっていないあの子と。

……なにやらあの子はご主人様とイイコトをやっていたそうですが、今度問いただしてみることにしましょう。

?月△日　天気：晴れ
今日はダニングが、王城にてご主人様に料理を振るまったそうです。

ご主人様は「おいしかったけど、いつものダニングの料理の方が好きかな」と言っており、それを聞いたダニングも嬉しそうでした。

料理とは素晴らしい食材を使うよりも、誰かと食べること。

誰かと感性を共有することこそが最高の調味料になる。

そういえばダニングは昔からそう言っていましたね。

ということは、日頃から私たちはご主人様に良い雰囲気を提供できているのでしょうか。

少し嬉しくなりました。

?月○日　天気：晴れ
今日、ご主人様はアイナと共に騎士団の訓練に向かったみたいです。
アイナは帰ってくるなり自分の部屋にダッシュで向かうわ、ご主人様は筋肉痛で動けないと喚くわで大変でしたがどちらも楽しそうな顔をしていたのでよかったです。

?月#日　天気：曇り
この日の朝はバンとアイナの兄妹喧嘩から始まりました。
あまりあの二人がケンカするところは見たことがなかったのですが、一体何が原因だったのでしょうか。

……まぁご主人様がらみでしょうけどね。

私は怖いので見て見ぬフリをしました。

?.月$日　天気：雨
今日は一日雨で、昼から全員が家にいるという中々珍しい日でした。

昔を思い出してか、シズクが何やら最近王都で流行っているらしいボードゲームを持ってきて、みんなでやったのですが案の定最下位はご主人様でした。

そして夜ご飯の後、これまたやはり部屋にこもってしまいました。

どちらかというと運の要素が強いゲームだったので、気に病む必要はないと思うんですがね。

?.月Σ日　天気：晴れ
今日はこの前のようにご主人様は魔法薬の調合にトライしたようですが、やっぱりできたのはあの謎の物質でした。

というかご主人様が魔力を加えたものはすべて変なものになるようです。

一体何が起きているのでしょうか。

ご主人様もやや諦め始めました。

△月◇日　天気：晴れ
今日はとあるエルフにとって特別な日でした。

彼は朝早く家を誰にも言わずに出ていったので恐らく今年もあそこに行ったのでしょうね。かれこれ一〇〇年近く、毎年行っているのではないでしょうか。

そしてこれは彼が前に進めない原因でもある。

恋というモノは人を盲目にするとはよく言ったものです。

私も人のことを言える立場ではないかもしれませんがね。

△月10日　天気：曇り
今日から二泊三日、ダニングが王城に呼ばれてしまったので、他の六人で夕食を作ることになりました。

ですが思った通りご主人様は料理下手で、アイナも不器用だったので戦力になりませんでした。

ルリもできることにはできるのですが、いわゆる冒険者クオリティと言うべきか、雑と言うべきか。切って焼くか煮るかしかできないようなので、結局私とバン、そしてシズクで作ることになりました。

なんとか三人で作り上げたものの、作っていない方の三人からは「やっぱダニング凄いわ」といった声の方が多く上がっていたので明日は絶対作りません。

△月■日　天気：曇り
昨日はああ言ったものの、今日の夕方に厨房を覗いてみたら大変なことになっていたので結局六人で作ることになりました。

でもこうやってみんなでドタバタしながら作るのも悪くないと思えましたね。

今度はダニングも入れて七人でやってみましょうか。

◇月△日　天気：晴れ
この日は私にとって大切な日でした。

理由は至極単純で、私の誕生日だからです。

誕生日といっても私たち六人は、ご主人様と出会った日をそれぞれの誕生日として生きているのでこれから連日で誕生日ラッシュが続きますね。

そもそもエルフは寿命が長いので、誕生日というモノを気にしない風習があるのですが、過去にご主人様が私たちの誕生日を決めてくれたのでこうして毎年祝っているのです。

祝うと言っても、いつもご飯はそれなりに豪華ですから特に変わらない日常なんですけどね。

というか、ご主人様は過去の誕生日と今の誕生日の二つを持っていることになると思うとなんだか不思議な感じです。

◇月$日　天気：曇り
今日はルリがよくわからない巨大な魔物を取ってきました。

ギルドでさっさと換金すればよかったものの、自慢したいがためにわざわざこの家を経由したそうです。ダニング曰く、この魔物は食べられるとのことだったのでその日の夕食にみんなでおいしく頂きました。

中々においしかったです。

ご主人様も満足そうでした。

◇月＊日　天気：曇り
実は少し前から家の近くに畑を作り始めたのですが、どうやらご主人様がたいそうお気に召したようでかなり立派なものが出来上がりました。

確か、二〇〇年前のご主人様のご家族は農家だったらしいので、その血を完全に引き継いでいるようですね。

良かったですね、天職が見つかったようで。

ご主人様も嬉しそうです。

◇月Ψ日　天気：晴れ
今日はバンやダニングと共にご主人様は王都に出かけていたようですが、一体何をしていたのでしょうか。男三人水入らずで、楽しく過ごせたようですがこちらとしては気になるばかりです。

今度私もご主人様とデートをしてみたいところですね。

◇月Π日　天気：晴れ
なんて言っていたら、今日の朝突然ご主人様に一緒に二人で王都に行こうと言われました。

勿論二つ返事で行きたいと伝えたらすぐに私を連れだしてくれました。

これ以上はあまり文字にしたくないので私の胸の中に鍵をかけてしまっておくとしましょうか。

私の稚拙な文ではこの感情を言葉にできません。

◇月Ξ日　天気：晴れ
……今日はシズクと共に王都に行ったようです。

いや、良いんですけどね？　なんかこうモヤッとするというか。

そうでしたね、あの人はそういう人たらしでしたね。

これは嫉妬ではありません。

ですが文字に不満を残すくらいはいいですよね。

ζ月ω日　天気：晴れ
今日はびっくりするほど暑い日だったので、みんなで近くの川に行って水浴びをしました。

やはり暑い日に冷たい水で体を冷やすのは最高ですね。

一番はしゃいでいたのはなぜかアイナでした。

何はともあれ川の近くに小屋を建てて正解です。

……まぁたまただったんですけどね。

Φ月η日　天気：雨

ご主人様と再会して半年が経ちましたが特に変化はありません。

こんな平和な日常が送れているなんて夢みたいです。

……平和の下には死体が蔓延っている。

嫌な人の最期の言葉を思い出してしまいましたね。

τ月λ日　天気：曇り

まだ暑さは残りますが、だんだんと風が冷たくなってきたようでそろそろ衣替えを視野に入れないといけなくなってきました。

ただあまり外に出ない人が多いのでそれほど気を張ってやらなくてもいいかもしれませんね。

ルリはすぐに服をボロボロにするので知りません。

ダニングの料理の食材も季節によって変わってくるので楽しみです。

Γ月η日　天気：晴れ

完全に季節は冬に入ったようです。
ご主人様と再会したときに比べ、みんなこの家で暮らすことが多くなりました。
引継ぎが終わった者、やるべきことが終わった者、寒くて外に出たがらない者。
そもそもやることがない者。
七人ならばこの冬は暖かく越せるかもしれません。

λ月Σ日　天気：雪

今日は今年初めて雪が降りました。
かなり寒くなってきたのでみんなの分の衣服を新調しないとですね。
それに暖炉を掃除していらない服は片づけて……。
やらなきゃいけないことだらけです。
ルリは一人、外ではしゃいでいました。
まるで犬のようでした。
あれがSランク冒険者……？
世も末ですね。

λ月η日　天気：大雪
連日の雪でかなり積もったので、ルリが雪で遊び始めました。

最初はルリが一人ではしゃいでいるのを眺めていただけでしたが気づいたら一人、また一人と参戦していき気づいた時には七人で雪合戦に発展していました。

私の顔に当てたご主人様にはそれ相応の報いを受けてもらいましたが、中々楽しかったです。

その後のお風呂もにぎわっていました。

男性陣が性懲りもなく茹で上がっていましたがね。

○月◇日　天気：晴れ
今日でご主人様と再会して、ちょうど一年が経過しました。

この一年間で特に変わったことはありませんが、しいて言うのなら国王が退位したくらいでしょうか。

それがいったい何を意味するのか、私たちは口に出すことはありません。

ですが、この一年間は本当に最高でした。

願わくはもう一年、いやこれから先もずっと……。

○月§日　天気：晴れ
シズクの情報によると、とある方はもう動き始めているようですね。

いつかはこうなることはわかっていましたし手は打つつもりですけど、私たちはもう人間を傷つけたくはありません。

それにご主人様はどうするのでしょうか。

……一体どれを取って、どれを捨てるべきなのかわかりません。

ただ一つ、ご主人様の敵になるモノは容赦なく消します。

たとえご主人様に軽蔑されたとしても。

?月△日　天気：曇り
アイナとバン曰く、だんだんご主人様の剣術は上達してきているようです。

一年間みっちりとあの二人に鍛えられたから当たり前と言えば当たり前かもしれませんがね。

ようやく新しく入団した騎士見習いレベルに達せたようです。

……これが早いのか遅いのかは私には判断できません。

ちなみにシズクはかなりご主人様を馬鹿にしていました。

△月Δ日　天気：曇り
今日シズクから連絡がありました。

何者かが、かつて住んでいた家に侵入したそうです。

あの建物には認識阻害の結界や、防御結界を何重にも張っていたのですがね。

急いで駆け付けたころには丁寧に結界が綺麗に張り直されていました。

一体どこの誰が侵入したのでしょうか。

ですがこれでよかったかもしれません。

もしかしたら神様が、秘密のままにしておくなとでも言っているのかもしれません。

まぁ、私は無神論者なんですけどね。

いよいよすべてが動き始めそうです。

△月Π日　天気：晴れ
今日で日記を書くのを一旦やめようと思います。

もし私が日記を再び書き始めるとしたらそれはまたご主人様と幸せに暮らせるようになってからですかね。

再びこうやってペンを取れることを願って筆を折らせていただきます。

元・国王　ヴェル・フィセル

第九章　すべてはここから

俺がかつて生まれ育った国にはエルフの奴隷制度が存在していた。

それはそれはひどい扱いであった。

とあるエルフはモノのように扱われた挙句、見たこともない病に侵された。

将来を有望視されていた双子のエルフは、両の目を潰されて光を見ることさえ許されず、料理の腕に自信と誇りがあった者は舌を切られた。

人間に死んだほうがましだと思えるような凌辱を受けたのちに、呪いまでかけられた者もいれば、目の前で母親を人間に攫われて何週間も荒れ果てた大地で、死の淵をさまよったエルフもいた。

だから俺は変えたかった。

そんな世界を、常識を、ルールを。

そして俺には僅かだがそれを可能にする力があった。

財力があった。

センスがあった。

結果も伴った。

だけれども、俺の体は自分が想像したよりも強くなかった。

だからこそ俺は彼らに託した。

俺が救った六人のエルフに、二〇年間を共に過ごした仲間たちに。

この間違った世界を元に直すことを。

もう誰も苦しむことのない世界を作り出すことを。

みんなが笑いあえる世界を作れるようにと。

そして俺は二〇〇年間という深い眠りについた。

その後目を覚ました俺が最初に見た景色は素晴らしいものだった。

これこそ俺が思い描いた世界。

そう思えるほどだった。

だけど……、なんだよ、なんなんだよこれは。

俺は目の前にある書類の束に力を込める。

思わず足にも力が入ってしまい、今にも抜けそうな床が嫌な音を立てる。

どうやら建物というのは二〇〇年も経つと、そろそろ限界が来るらしい。

だけどそんなこともう頭で処理できないくらいには限界が来ていた。

「いや……、俺はあいつらを……憎んだりはしない。軽蔑したりもしない。俺はあいつらが大好き
だから……。あいつらは何も悪くない。悪くない……」

震える口で何とか言葉を紡ぐが全く力がこもっていないのは自分でもわかる。

だけどこれは本心だ。俺があいつらを憎むことはない。

それは何度も自分自身で考え抜いた結論だ。

それでも血の気が引いているのは確かである。

踏ん張っていないとすぐにでも意識が飛びそうと思えるほどだった。

そのまま目の前の書類たちに目を通し続けていると、先ほど俺が通った扉の方からかすかな音と気配を感じた。

間違いなく誰かがいる。

振り返ってはいけない。頼むから振り返るな。

そう理性も本能も泣き叫んでいたが俺は振り返るのを止めることはできなかった。

ゆっくりと、視線をずらしていく。

「ようやく私の気配に気がつくようになったんですね、ご主人様」

俺が見つめたその先には、二〇〇年前に俺が暮らしていた部屋のドアの前に無表情で凜と立つ銀髪のエルフの姿があった。

彼女が現れたことでドア付近のホコリが舞ったが、それはまるで儚く散っていく雪のように沈んでいった。

「それが、私たちの歩んできた道です」

今の俺は一体彼女にどのような表情を向けているのだろうか。

そんな俺とは対照的に、いつもと同じ口調で彼女は、他愛もない話をするようにそう告げた。

「フィセルさんも、徐々に騎士団の訓練にも慣れ始めたようですね」

「だろ？　いつかクレアくらいならちょちょいのちょいで、ぼっこぼこの……」

「あ、それは絶対ないので大丈夫です。褒めた私がバカでした」

「なんだと？　ほらアイナもなんか言ってくれよ、この王女様、自分の力を過信してますぜ」

「いや、ものすごいブーメランが突き刺さっているんですけど……。これはその、ギャグですか？

ギャグですよね？」

「……うん、まぁ。……ソウダネ」

俺はこの日、アイナと共に騎士団の訓練に顔を出していた。

といっても俺は少し離れて騎士団と同じ動きをするだけだが、これでも昔よりかは付いていける
ようになったほうだ。

魔法が完全に使えないことが判明している以上、すべての鍛錬の時間を剣技に使えるというのも
大きかったかもしれない。

だがそうはいってもどうやらクレアには一生たどり着かないらしい。

以前話した王城に仕える執事のスミスさんも、『クレア様もパトラ様も代々の王族の中で群を抜
いて優秀です』とおっしゃっていたのを思い出し、少し恥ずかしくなる。

「よし。それではアイナさん、私たちは向こうに戻りましょう」

「そうですね。ご主人様は好きにお過ごしください」

「おっけー！」

俺は親指を立てて彼女たちを見送ったのち、近くの木陰に腰を掛け置いてあった水筒に口をつけてのどを潤していく。

渇いた喉には無味無臭の水が一番しみる。

「ふぅー、そう言えば最初にここで騎士団の訓練に交ざったときから、もう一年以上経つんだな。時の流れってはやいなぁ」

かつて俺に仕えていたエルフたちと再会して一年と半年、いやもう少しか。

それくらいが経った今、俺はぼーっと空を見ながらそう呟き、少し感傷に浸っていた。

目を閉じれば蘇る、春夏秋冬をすべて経験した共同生活の数々の思い出。

それは毎日が昨日のことのように鮮明に思い出せるほど濃く、充実したものだった。

今日だって朝早く起きて、バンやアイナと駄弁りながら軽く体を動かしたあとダニングのおいしいご飯をシズクとルリと一緒に食べて、ヴェルにちょっとからかわれつつ昼を迎えた俺は、騎士団の鍛錬に交ざって……。

地図のない真っ暗闇で、ただひたすら自分の命の灯火を燃やし尽くしていた二〇〇年前とは違う、みんなが胸を張って暮らせる世界がここにあった。

彼らと再会して最初の方こそいろいろと変な邪推をしたものだが、あの時深く考えることをやめたから今こうして楽しく過ごせているのだろう。

あの時の判断は間違っていなかったかもしれない。

「多分、これが俺の取れる最善策だったよな。そしてそれはこれからも」

俺は先ほど指を立てた右手を目の前に持って行き、ゆっくりと開いた。

過去にこの場所でアイナから忠誠の儀を受けた右手を。

剣を振り続けた証拠である、マメができては潰れてを繰り返したぼろぼろの手を。

発明家で引きこもりだった昔の俺からは考えられない掌だ。

いや、あの頃もよく手に薬品こぼしてぼろぼろになっていたか。

途中から回復薬を使うのも面倒になってそのままにしてたっけ。

「まぁいいや、よっし！　じゃあどうしようかな。とりあえず便所でも行くか」

そして俺は一息ついた後立ち上がり、少し離れた便所まで歩いていくことにした。

もう何回かこの訓練場には来ているから場所はしっかりと把握している。

最初に来たときは迷って、王城の中まで行ってしまったのは懐かしい思い出だ。

警備員の人に捕縛されて半泣きになりながらダニングを待ったっけなぁ。

思い出したくもない俺の黒歴史である。

「ふんふーん、今日の晩御飯はなにかなー」

なんて嫌な気分を払拭するために、下手糞な鼻歌を交えながら俺が便所に向かう道中の事だった。

「もし、そこの少年。少し話をしないか？」

そう呼び止められて後ろを振り向いた瞬間、突風が俺とその人の間を吹き抜けた気がした。まるで風向きが変わったかのように。

「……あなたは誰ですか？」

「そんなに警戒してくれるな。それも含めて一度話そうじゃないか。少し場所を移そう」

俺の目の前に立つ緑色の髪をした一人の青年が、髪を弄りながら不敵に笑っていた。

「さて、少し話そうじゃないか。あぁいい、そんな硬いことを話すつもりはないから楽にしてほしい。ただの世間話さ。ほらほら、早く！」

先ほどロットと名乗った、俺より少し年上に見える緑色の髪の青年は、訓練場の近くにあるベンチで隣に腰を掛ける俺にそう言って温和な笑顔を見せたが、正直信じるつもりはなかった。

これでも俺は一応過去に巨額の富を築いた男。

嘘で俺にすり寄ってくる奴なんて、かつてはごまんといたしある程度なら見極めることができると自負している。

そしてこのロットという男は、そんな俺のセンサーに引っかかっている。

今もなお、センサーが正常に働いているかどうかは不明だが、用心するに越したことはない。

「わかりました。……ところであなたは何者なのですか？　なんでこんなところに？」

「僕？　いやただ散歩がてらにここを訪れただけだよ。ここは一般人でも立ち入りが許されているからね。僕みたいな一般人が訪れることのできる、王城に一番近い場所だから気に入ってるんだよ。それに君は何でここに？」

「別に、知り合いがここで活動しているから見学していただけですよ。深い理由はありません」

ややぶっきらぼうにそう答えて俺はポケットに手を突っ込んだ。

中にはかつてルリにもらった赤玉が入っているから、何かあれば森の中の家まで一瞬でワープすることができる。

ただ、なんとなくこの男から何も聞かずに帰るのはもったいない気もするのは確かだ。

もう少しだけ粘ろうか。

そう判断した俺は目線を逸らしながら、ポケットの中のガラス玉を転がした。

「またまた、さっきまであの元騎士団長のアイナさんと一緒にいただろう？　あのエルフでもかなり有名な。美人だよねぇ彼女。一体君と彼女はどういう関係なんだい？」

「あなたには関係ないでしょう？　話がそれだけなら僕はもう帰りますよ」

「ちょっと待ってよ！　まだ話は……」

やはりこの男と関わるのはもうやめておこう。

アイナの名前が出た時点でもう無理だ。

そう思い立ち上がろうとした俺の手を、思わずと言わんばかりに謎の男は力強く掴んだ。

ここでようやく俺は初めて男の瞳をまじまじと見ることになったのだが、俺はすぐにこの瞳に既

視感を覚えた。

この国では珍しい、クレア王女やパトラ王女と同じ色だ。

「……あなたもしかして偽名使っていませんか？」

「藪から棒にどうしたのさ？　僕の名前はロットだよ？」

「いえ、なんとなく既視感というか……、違和感というか……」

「既視感？」

男は俺の腕を掴んだまま、またニコッと笑ったがその反応で俺はもう確信した。

なんとなく纏っている雰囲気というか、あふれ出る魔力のようなものにも覚えがある。

まさかこんな形で因縁の相手と邂逅することになるとは。

「なるほど、そうか。納得がいきました。なんで俺に声を掛けたのかも、どうしてこんなところにあなたがいるのかも」

「本当にどうしたのさ？　僕は……」

「あなたが次期国王候補のグエン王子ですね？　はじめまして。随分と変な接触の仕方をしてくるんですね」

「…………」

俺がそう告げると、男は驚きに満ちた表情を隠すようにゆっくりと手を俺から離してそのまま顔の前に持って行った。

そして先ほどまでの張り付けていた笑顔は豹変し、顔を上げると同時に高らかな笑い声と共に再び俺の方を見た。

「あははっははは、なるほど。流石だね君。びっくりだ、ここまで早くバレるとは思わなかったよ。本当はもっとお友達ごっこでもしたかったんだけどね。じゃあ、もうこの面倒くさい話し方はやめさせてもらおうか」

豹変。

本当にこの言葉がぴったりだ。

なるほどそしてこの男がグエン王子か。

お初にお目にかかるが、中々に不愉快な笑い声である。

「あなたが反エルフを掲げていることも知っていますよ。だからこそこうやって俺に接触を図ってきたんですよね？　少し前にクレア王女のお父様が国王の座に即位なさったから」

「以前からお前の事は何回か見かけていたからな。というか、バレているのなら、この不愉快な色の髪は不要だな」

彼が徐に指を鳴らしたと同時に、髪の色が緑色から赤色へと変化した。

クレアやパトラと同じ赤色の髪だ。

いや、そんな魔法知らないんだけど。

なんだよ髪の色を変える魔法って。

いったいどういう経緯でそんな魔法を開発しようと思ったんだ。と、思わず元発明家としてそんな疑問を抱いたが、頑張って胸の中で抑えた。

「それで？　本当の用事はなんですか？」

「それに答えるためにもまず俺の質問に答えてもらう。お前は俺についてどこまで知ってるんだ？」

「どこまで……、ですか。さっき言ったように反エルフを掲げていることくらいですかね」

「どうせべらべらと話したのはあのくそジジイであろう？　では、俺がなんでそんな思想を掲げているのかは知らないということか」

くそジジイとはスミスさんのことだろうか。

たしか彼は前に俺にこう言ったな。

「あくまで推察ですけど、『あなたがこの国が隠している過去を知ったからだ』とスミスさんは言っていました」

「あながち間違ってはいないな。大体はそんなところだ」

「そうですか」

俺はそう言ってこぶしを握り締める。

ふざけんな、元はと言えば人間がエルフに酷いことをしてきたからだろ。

過去に何があったのか俺は知らないけれど、元はと言えば人間が悪いはずだ。

それなのにこいつはいけしゃあしゃあと。

「で？　なんだ、お前は知りたくないのか？　ないことにされている歴史の中で、この国に何があったか」

「まるであなたはすべて知っているような口ぶりですね。過去について話したりするのは法律違反では？　あなたにしゃべった人も、今あなたがしゃべろうとすることも駄目だと思うんですけど」

焦るな、相手のペースに飲まれるな。

深く考えることを放棄するな、俺。

「別に俺は自分の目で見たからな。そしてこれこそが今日お前に話しかけた理由だ」

「それはどういう……？」

「真実をお前に見せてやろう。そして俺の仲間になれ、フィセル。いやエルフたちの『ご主人様』」

そう言って彼はポケットから赤色に輝くガラス玉を取り出し、俺の足元に投げおろした。

俺の足元に落ちたガラス玉は割れると同時に淡く発光し、その光は俺を包み込んでいく。

この感覚は……、転移玉？

「はぁ!?　ちょっ、なんであんたが……」

「これはかつてのお前の部屋から物色したものだ。まったくエルフたちは随分と優れた魔法具をもってやがるな、忌々しい。でも、元はと言えばお前が作ったものなんだってな。ってもう聞こえてはおらんか」

彼が何かを言っているがもうよく聞こえない。

あまりに突然の事でパニックになる思考、狭まっていく視界。

そしてかろうじて俺が最後に聞き取ることができたのは。

「真実探しの旅へ行ってらっしゃい。ふ、ふははははっ」

という耳障りな笑い声であった。

「……どこだここ？」

転移玉の光が徐々に消え失せ、少しずつ目を開けるとそこはとある建物の玄関のようであった。

だけれども中はもうぼろぼろで埃にまみれており床は朽ち、今にも倒壊しそうだ。

試しに先ほど外に出てみようとドアの鍵を開けたはずなのに、扉は開かなかったから恐らく普通の家ではないのであろう。

どうやら俺はあのグエン王子とやらによって完全に閉じ込められてしまったようだ。

「ここにずっと立ってても何も起こらないし、先に進んでみるか」

俺は恐る恐る廊下へと踏み出したが、その拍子に床からありえない音がした。

ほんとに大丈夫だろうか。

流石にこんなところで、誰にも看取られることなく死にたくはない。

そんな不安を抱えながら、なんとか一歩一歩確認しつつ前へ前へ進むことにしたのだが、特に今誰かが住んでいる様子もなく、明かりは外から入ってくる日の光だけでどんどん不安が募っていく。

いや、明かりの少なさが不安なんじゃない。

見覚えがあるから不安なんだ。

もうわかっている。ここがどこなのかくらい。

「ここは……、二〇〇年前俺たちが住んでいた家だ」

一通り小屋の中を探索してみたが、やはりここは昔の家のようだ。

もうぼろぼろになってしまっているが、間取りは今の小屋とも一致するし、リビングの柱につけてあった、ルリの成長を傷にして残したものもなんとなくではあるが発見した。

エルフたちに俺が与えた部屋も試しに一通り見て回ったが、埃塗れで床がぼろぼろになっていること以外は特に目新しい物はなく、残すは二階のみとなっていた。

なんとか軋む階段を上がり、ほかの部屋を探索した後、俺の部屋の前まで到達する。

ドアに手をかけてみると鍵はかかっていないことがわかった。

だから入ろうと思えばすぐに入れる。

だけれども俺はこの部屋を開ける勇気が持てなかった。

ここには俺が目をそらし続けた真実がある気がしたから。

何回もドアノブに手を掛けようと伸ばし、引っ込める。

もう何回繰り返したかわからない。

「どうする……、俺」

迷いに迷った俺はこれまでの事を考えてみることにした。

グエン王子がここに俺を転移させた理由はなんだ？

あいつは言ったな。「俺の仲間になれ」と。
すなわち、あの人からすればこの国が隠してきた真実があるということになる。
そしてそれを見れば俺がエルフたちと縁を切ると確信を持っているのだろう。
まるで人間とエルフはわかり合えないと言われているようだ。
ふざけるな。
何も知らないあいつにそんなこと言われる筋合いはない。
そうだ。別に今までの一年間で目をそらさなくてもよかったじゃないか。
多分俺は全部を知ってもあいつらを受け入れることができる。
あんな糞王子の思惑に乗ってやるかよ。
俺はここですべての真実を知って、そのうえでエルフたちと手を取ればいい。
だから今、俺がすべきは……。
俺はドアノブを握る手に力を籠め、扉を開けた。

開けた視界のその先には、昔俺が住んでいたままの状態の部屋におびただしい量の書類や本が乱雑に散らばっていた。
勿論ベッドや机は他の部屋と同じように埃塗れになっているが、何とか書類の文字はまだ見えそ

うである。

　というか書類や本だけ、明らかに誰かに触られた形跡が残っていた。

「ベッドとか机は俺の物だけど……、この書類たちは見たことないな。俺のじゃない」

　床に散らばっている紙の一枚を拾い上げ内容を少し流し読みしてみる。

　てっきり俺が昔書き残した魔法薬や魔法具の作り方のレシピが氾濫してしまったのだと思ったが、どうやらそうではないようだ。

　そしてところどころ見たこともない文字で書かれていることから多分、エルフたちが書いたものなのだろう。

　書類から目をそらし、部屋の壁に沿って置かれている本棚にも目をやるが正直何が何だかわからないし、どれが大事なのかもわからない。

　わからないことだらけだ。

「結局なんかよくわからないな。手あたり次第見るのも骨が折れそうだし、もうこのあたりで探索は……」

　一人で呟きながらぐるりと一周目を滑らせていたところ、俺はとあるものを見つけた。いや、見つけてしまった。

　なぜだか俺の目に、その物体だけ浮いて見えたのだ。

「……こんな金庫、俺の部屋にあったか？」

　ドアから入ったときはちょうど見えなかったが、机の後ろ側に少し大きめの金庫が置いてあり、ゆっくりと近づいていくとその金庫だけはなぜかあまり古くはなっておらず、鍵は差しっぱなしになっていた。

それから俺は金庫を開けてから、なぜか不自然に置いてあった、人間の言語とエルフの言語の変換表を片手に、夢中で中に入っている書類を床にばらまき読み漁り始めた。

するといろいろな事実が浮かび上がってきたのだった。


エルフが人間と戦争を起こした。


書類にはその計画書及び、結果のようなものが綺麗にまとめられており、全部読んだがあまり衝撃はなかった。

変わらない街並み、発展しない魔法・魔法具、消したい過去。

これ自体は彼らと再会してすぐに俺がたどり着いた仮説とほぼ一致していた。

俺が二〇〇年前に思い描いたシナリオは、あくまで六人のエルフたちがなんとかして、すべてのエルフを救出するというものであったが、彼らは俺の予想に反し、戦争による救出を試みた。正直、事実ではあってほしくなかったことだが、おそらく彼らが悩みに悩んだ末にたどり着いた結論だったのだろう。

確かに俺はエルフを助け出す魔法具を開発しながら、どうすればエルフが完全に解放されるかはあまり考えていなかった。

エルフの寿命は長いから、その間になんとかなるに違いない。

その程度でしか思い描いていなかった。

それに俺が転生することになった以上、早めにすべてを終わらせたかったんだろうし、それには戦争という手が有効なのもわかる。

人間に対してやり返したいという思いが生まれても仕方がないというのもわかる。

その選択によってどれほどの犠牲者が出たかわからないけど、俺が彼らを攻める権利なんてどこにもない。

言ってしまえば俺も共犯者だ。

だけどもう一つの書類の束に目を通したとき、俺の思考は一文字目を進めるごとに、完全に止まってしまった。

書類の一番上に書かれていた文字。

『人間奴隷化計画』

この文字を見て俺は膝から崩れ落ちてしまった。

床が嫌な音を立てるのを聞いて、無意識に金庫に手を伸ばし何とか立ち上がったがもう感覚はない。

呼吸は荒く、視界が徐々にぼやけていく。

一体、一体何が起こっているんだ。

俺の知らない二〇〇年にいったい何があったんだ。

嘘だ、これはグエン王子の策略だ。

そう願いたかったが、この書類の字には見覚えしかなかった。

この柔らかくもどこか芯の感じられる文字を書くのは、俺の知る限りで一人しかいない。

その者の日記を読もうとしたが、解読できずに諦めた記憶が全身を、雷のように通り抜ける。

ほぼ放心状態のまま、目の前の書類たちに目を通し続けていると、先ほど俺が通った扉の方からかすかな音と気配を感じた。

間違いなく誰かがいる。

振り返ってはいけない。頼むから振り返るな。

そう理性も本能もが泣き叫んでいたが俺は振り返るのを止めることはなかった。

ゆっくりと、視線をずらしていく。

「ようやく私の気配に気がつくようになったんですね、ご主人様」

俺が見つめたその先には、二〇〇年前俺が暮らしていた部屋のドアの前には、無表情で凜と立つ銀髪のエルフの姿があった。

そのきれいな瞳を見つめ、何か言葉を発しようと思うがまったく出てこない。

「それが、私たちの歩んできた二〇〇年の真実です」

そして彼女はいつもと同じ口調でそう告げた。

「一体どうやって結界も破らずにここへ入ったのでしょう？　流石ご主人様ですね、私の想像の範疇を超えてきます」

「ちょっと待ってくれよ……。もう今頭が真っ白なんだ。思考がまとまらない」

俺は頭を抱えて思考をまとめようとしているが、ヴェルは眉一つ動かさずにこちらを見ていた。

もう背中は変な汗でびっしょりで、立っているのがやっとである。

「おそらく、少し前にここに侵入した無法者が手引きをしたのでしょうね。玄関にご主人様が、二〇〇年前に開発したオリジナルの青玉が転がっていましたので。いやはや、保管していたご主人様製の転移玉を盗まれて利用されるとは。それか、もしかしたら自分で作ったのかもしれませんね」

「……そうだよ。ここに連れてきたのはグエン王子だ」

「やはりですか。それで、真実を知ってしまったと」

随分と他人事のようにヴェルは無表情で告げる。

まずい、思考が全くまとまらない。

彼女の不自然なまでの落ち着きが、余計に俺の思考を狂わせた。

「……一旦今住んでいる小屋に帰って落ち着きましょうか。そこですべての真実を話します」

「う、うん……」

彼女はそう言ってポケットから転移玉を取り出して地面に落とした。

しかし、そのガラス玉は割れてもいつものように光を出すことはなく、色を失い地面に透明な粉となって散らばった。

「っ？　まさかこれは……」

　ヴェルが俺の手を摑み、引き寄せたと同時に老朽化した床が限界を迎えたのか、嫌な音と共に底が抜けた。

　俺は彼女の手を摑むことができず力が抜けたままだったが、彼女は俺のことを抱きしめ何らかの魔法を発動させ一切の衝撃を逃がしてくれた。

「ヴェル？　大丈夫か！」

「はい、私は大丈夫です。ご主人様は大丈夫ですか？」

「うん、おかげさまで」

　俺がそう言った後に、落ちてきた穴の上を見上げるとそこには不敵な笑みを浮かべた男が俺たちのことを見下ろしていた。

「どうだ？　今の気分は。いいなその顔、俺の大好物だ」

「お前っ、何のつもりだ！」

「なんだ、さっきまで敬語使ってくれていたのに、もうお前呼ばわりか。別に俺は構わないがな。寛大だから許してやろう。それでどうだ？　真実を知った気分は？」

　奴はそう言いながら、先ほどまで俺たちがいた部屋から、今俺たちがいる部屋へと飛び降りた。

「なんだよ、なんなんだよ一体！　もう何が何だかわからないよ！」

「先ほどお前も見ただろう？　あれが真実だ。そして……、お前はヴェル・フィセルか。初めましてになるな」

「初めまして。私はヴェル・フィセルです」

グエン王子は俺の叫びを耳障りそうに流し、ヴェルの方を見つめた。

その視線の先の彼女は先ほど俺と話した時と同じように、冷静な口調で彼に答えた。

「随分と速い到着だったな。もう少し遅れてくると思ったが。貴様らの家は大丈夫なのか？」

「なっ、家？　あの家に何かしたのか？」

俺が思わずそう大声を張り上げると、ヴェルは未だ掴み続けている俺の手を軽く握りなおした。

「やはりあれはあなたの仕業でしたか。ご安心ください。それについては、私たちの仲間には腕利きの者が多くいますので心配には及びません。そして優秀な諜報員のおかげで、最悪の事態になる前に駆けつけることができました」

俺の知らないところで着々と何かが進んでいるようだが、何も知らない俺は目を伏せた。

こんな時になっても俺は何の役にも立てない。

「この家にかけた認識阻害魔法も自信があったのだがな。これを破るとは流石エルフといったところか」

「それはこちらのセリフです。よくこの家にたどり着きましたね」

「まぁ、俺は天才であるからな。それで？　何をしに来たんだお前は？」

「何をしに？　それもこちらのセリフですね。いったいあなたは私たちのご主人様に何をするおつもりですか」

「こいつに真実を教えてやっただけだ。そうすればこいつはお前らのことを信じられなくなるからな。それほどまでのことをしてきただろう?」

「確かにそうかもしれません。でも、たとえ私たちはご主人様に嫌われても、軽蔑されても、拒絶されてもその身をお守りすると決めたのです」

「その血にまみれた手で何が守れるというんだ」

「ご主人様のすべて、そして王国の未来です」

「エルフと人間が共存しているこの世界をか。反吐が出る」

先ほどから繰り広げられている静かな戦いに、いくつもの不穏な単語が出てきたが少しずつ、俺の気持ちも落ち着いてきた。

ヴェルの想いに嘘はない。そして彼女たちは俺と共に思い描いた未来のために羽ばたき続けている。この手の温もりは俺が守ってきたものだ。

だから俺は彼女たちともう一度話さなければならない。

彼らの邪魔にならない限り、俺はエルフたちと共に生きていくと決めたんだ。

この俺よりも少し小さく綺麗な手を、離してはいけない。

「そうだ。俺はエルフたちと共に歩んでいくと決めたんだ。誰にも邪魔させない」

俺が顔を上げてそう言った瞬間、邪悪な何かが三人の周りを包み込んだ。

先ほどまで掴まれていただけだったヴェルの手を俺は強く握る。

「……お前は何を言っている?　そんなことが許されるとでも思っているのか。できれば自分の足でこちら側に来てもらいたかったが、なるほどこの程度では貴様たちの絆が断ち切れないということか。それか、ことの重要性がわかっていないか。これは再教育が必要なようだな」

「ヴェル？」

グエン王子がそう吐き捨てたと同時に、不意にヴェルと繋いでいた手が解けた。

すぐに繋ぎなおそうとしたが、その手は虚しく空を切る。

そして黒い霧に包まれていくと同時に意識が遠のいていき、俺の手は何者かによって再び掴まれた。だが明らかにヴェルのそれではない。

「ご主人様？　ルリ！」

「お兄ちゃんを離せえええええ！」

失いつつある意識の片隅に、どこから来たのかルリの声が響く。

次の瞬間、部屋の隅に佇む窓からルリがガラスを蹴破り入ってきたが、もう顔はよく見えなかった。

「お前は誰だ！　お兄ちゃんに何をした！」

「おぉ、怖い怖い。お前がSランク冒険者のルリ・フィセルか。本当に殺しに来ているではないか」

「そんなことは聞いていない、早くお兄ちゃんから離れろ！」

「なんだ、殺気で空気が振動しているではないか。別に、少し行動を制限させてもらっただけだ」

「じゃあお前はここで死ね！　全部燃えて骨まで灰になってしまえ！」

「ご主人様！　返事をしてくださいご主人様！」

二人のエルフの声が混ざるが、もう俺に声を発するほどの気力は残っていない。

そして今、俺の腕を摑んでいる者は誰なんだ。

最後の力を振り絞り、闇に歪む視界がとらえたのは先ほどまで相対していたグエン王子ではなく、見たことのある初老の男性であった。

「申し訳ありませんね、フィセル様。では行きましょうか」

この声の正体は間違いない。王城の執事であるはずのスミスさんだ。

王城で会った際には、エルフと人間は共存できると言った彼がどうしてグエン王子と共に？

なんで？　まさか黒幕はグエン王子だけじゃなくて……。

そして俺の意識はここで途切れた。

………どこだここは。

目隠しされていて見えないうえに、手足も椅子か何かに固定されている。

というか俺はどれくらい気を失っていたんだ？

「やっとお目覚めか」

俺が暗闇の中もがいていると、前方からあの糞王子の声が聞こえてきた。

ということは彼らの拠点に連れ込まれてしまった感じなのであろうか。

そして今、この場にスミスさんがいるかどうかはわからない。

「それにしてもこの転移玉は便利だな。お前のおかげで自分で作れた。やはり俺は天才だな」

「どういうことだ？」

「お前もあの家の中を見ただろう？　あそこにはお前が開発したと思われる魔法具とかの作り方も残ってたからな。試しに自分で作ったらできたのだ。だから先ほどエルフたちと交戦したときも、この魔法具のおかげで逃げられた」

「お前の目的はなんだ？　何をしようとしているんだ？」

ガタガタと、体全体を使って括り付けられている椅子から逃れようとするが俺の貧弱な力では到底壊れる様子もなく体力だけがどんどん減らされていく。

だけど動きを止める気にはなれなかった。

「目的？　そんなもの決まっているだろう。エルフを昔のように、奴隷にすることだ。一人残らずな」

「は？」

あまりの衝撃に俺は言葉を失い動きを止めてしまった。

本当に、目の前の男が何を言っているのかがわからなかった。

「というかあの家の書類からおおよそ見当はついているだろう。奴らは人間の国を滅ぼして、その後五〇年間ほど人間を支配していたのだ。だから今度は人間がやり返す。何かおかしな話か？　この話を聞けば多くの人間がこちら側につくことであろうよ。隠された過去では人間がエルフに支配されていたのだからな。それに、容姿の綺麗なエルフを好きにできるとなったら、醜い人間どもは躍起になるだろうよ。かくいう俺も、あの家を調べるまでは、更にその昔はエルフの方が奴隷だったなんて知らなかったがな」

ガツンと頭を打たれたような衝撃が走る。

当たり前のことのように、一番聞きたくなかった言葉が俺の耳を通過した。

エルフが人間を支配していたという言葉、そしてあの家で見た『人間奴隷化計画』という文字。すべての点と点がつながってしまった。

「だから俺は少し前から王城でエルフの悪評を広め始めて、少しずつ派閥を増やしていった。何も知らない奴ほど簡単に操れるからな。そしてこれからは、新聞や放送器具を使って全人間に呼びかけてすべてのエルフを捕らえるという算段だ。だがこれにはどうしたってこの国の中心部に巣食う六人のエルフたちが厄介だからな。まずはお前を人質に取らせてもらう」

「人質……」

それは俺が一番恐れていたことである。

考えうる最悪の展開が目の前で繰り広げられている事に俺は、ようやく気がついた。

「今生きている、普通のエルフたちはあの六人によって行動が制限されているのであろう？　そしてあのエルフたちは元を辿ればお前のために動いている。ということはお前を人質にとり、あいつらの機能を停止させればエルフの動きも停止するという訳だ。何という簡単なことか」

いや、前に彼らに伝えてあるから大丈夫なはずだ。

俺が何かに巻き込まれたときは、エルフのために動けとそう伝えてある。

だからきっと彼らなら自己判断で動いてくれるはず。

この平和な世界が保たれるのなら、俺は死んでも構わないから。

もうぐちゃぐちゃの脳内で俺は、それでも彼らを信じたかった。

「だが、もしもの事を考えてだな。お前にはこちら側についてほしいのだ」

「な、なんだ？　やめ、やめろ……！　やめてくれ！」

だがそんな思いも虚しく、かすかに場の空気が変わってきたと思えば、突然俺の頭の中が真っ白になっていく感覚に襲われた。

「知っているか？　今の王族の奴らは、それぞれ相手の何かを『止める』固有の魔法が使える。パトラは相手の動きを、確かクレアは相手の視界であったか。それで俺はなんだと思う？」

奴が何か言っているがもう俺にはよくわからなくなってくる。

頭がグワングワンしてもう右と左もわからなくなっていくようだ。

マテ、今ナニガ起コッテイル？

「俺は相手の思考を止められる。ふ、ふははは！　だからこれからは俺の話を受け入れることしかできぬ。今お前の心には絶望とあいつらに対する不信感しか残らぬのだ！」

脳裏にあのエルフたち六人の顔が浮かぶがどんどん黒い靄（もや）に包まれていく。

やめろ、頼むやめてくれ。

頼むから……。

あ、あれ？　このエルフたちの名前は……？

もう、何も見えない……。

何も聞こえない。

「あぁ……」

……エルフ？　なんだその言葉は。

「さぁ、エルフを恨め。悲しみの底に落ちろ。ともにエルフを排除しようではないか」

「気分はどうだ？」

薄暗い部屋の唯一の光源である、さびた魔法具が天井でゆらゆらと揺れる中、一人の男が椅子に座らされているもう一人の男の前に立ち、その頭を摑んだ。

だが摑まれた男は何も発することはなく、ただ一人でぶつぶつと何かを呟いていた。

「……………」

「ふっ、やっと壊れたか。そろそろあのエルフたちにこの拠点が割れそうであったから、何とか間に合ったというところか。まったく、早いことだ」

「………」

「他に話してない話はあったか？　人間のふりをして騎士団に忍び込み、王女から情報を抜き取るだけ抜き取っただけでなく、最終的に自分の手で始末したエルフの話も、人間を潰すために他の種族を飼いならした料理人の話も、かつて仕えていた主人が大好きだった街だと知りながらすべてを塵にした女の話も、大量に人を殺めた少女の話も、計画を立てた中心人物たちの話も話し尽くしたのだが」

エルフ？　エルフは人間を戦争でホロボシタ？

ニンゲンはエルフの奴隷にナッタ？

俺がやったことはスベテマチガイダッタ？

ワカラナイ、モウナニモ。

タシカナコトは、エルフがニンゲンを滅ぼしたということだけ。

「ここまで行けば十分であろう。ようやく最後のピースがそろった」

「グエン王子、恐らくこの場所が割れました。直にエルフたちが来るかと」

「スミスか。わかった。というよりも、まさかこの国の情報媒体が全部、エルフに掌握されているとは……、そんなこと聞いたこともないぞ。くそっ、元諜報員のエルフとやらの仕業か！　もしかしたら、最初からこの国の情報はすべてエルフが支配しているのか？　いや、そんなはずはない。だが……、いや、まぁいい。この男がこうなったのなら話は別だ。まだどうにでもなる」

立っている男は、そう言って近くにあったゴミ籠を蹴り上げた。

だけどそんな音も彼には届かない。

「……グエン王子はエルフを再び奴隷にしようとお思いで？」

「当たり前だ。スミス達は建国前に、奴隷として扱われていたのだろう？　ならやり返せばいいではないか。やられたらやり返す。それが今この時代で起ころうとしているだけであろう。それにこの騒ぎでエルフを排除できれば、俺がこの国の王になれるからな。親エルフの奴らは全員排除してしまえばいい」

「奴隷、までは言いすぎですがね。支配されていたのは確かですけれども」

「変わらないさ。今までエルフたちは俺たち人間を見下していたのだろう？　ならば排除されて当然だろうが！　たとえ昔奴らが人間に支配されていたとしても知ったことではない。俺はエルフたちのあの、俺たちを下に見た態度が大嫌いなんだ」

「なるほど……。おっと、来ましたね。六人ともいらっしゃっております」

「よし、じゃあ計画の最終段階と行こうではないか。立て！」

エルフがクル？

六人？

エルフはニンゲンノテキ。

エルフはドレイ。

エルフは……、ゼンインハイジョスル。

話は少し遡り、フィセルがグエンに連れ去られた直後。

「ごめんなさいごめんなさい、私が弱いからお兄ちゃんが、お兄ちゃんが！」

「ルリ落ち着きなさい。こうなったのは私たちの所為でもあるのですから」

二〇〇年前の時代を過ごした家から帰ってきた私たちは、他の同志たちが待つ家に戻り、リビングルームにおけるいつもの定位置にそれぞれ腰を掛けた。

先ほどと違う点は、ご主人様がいないことくらいだ。

アイナがルリの背中をさすり、宥めているところを横目に見ながら、私は小さく息を吐いた。

ルリはこういう時に、非常に脆くなる。

「……私の失策です。ご主人様があの家にいたという時点で、もっとグエン王子を警戒しておくべきでした。ご主人様に見られたことで気が動転して、協力者のことにまで気が回りませんでした」

ご主人様にあの家の中を見られたことで、私はあの時は完全に頭が真っ白になっていた。

今考えればもう少しうまく立ち回ることができたが、当時は上手く頭が働かなかった。

だがどこかでいつかはこうなる気がしていたのは確かであるし、これによってわかりやすく事態が動いたというのも確かだ。

恐らくここまで突発的に仕掛けてきたということは、向こうもそこまで準備はできていないはず。

そして、恐らくご主人様を手にかけるなんてことはないはずだ。

そんなことをしたら、私たち六人のエルフがどうなるかくらい向こうもわかっているだろう。

「謝罪より、今からどうするかだろ。相手方が完全に動き始めたってことだろ？」

「シズクは主に発信機を付けていないのかい？」

シズクにバンがそう質問すると、彼女は頭を掻きながら面倒くさそうに答えた。

「発信機というか、幾つか魔法をかけておいたが全部解除されていた。どうやったのかは知らねぇ。正直私も驚いている」

「そうか、それで、これからどうするんだ？　まずは俺らができることと、奴らがやろうとしていることを一旦整理しないか」

「そうですねダニング。いったん整理しましょう」

ダニングの提案にのっとり、私たちは今の状況を整理することにした。

「まず、事の発端はアイナと一緒に行った騎士団の訓練ですよね？」

「はい、気がついたらいなくなっていて、まさかグエン王子と接触しているとは……。本当にごめんなさい」

「今そこを気にしている暇はありません。そしてグエン王子はご主人様を二〇〇年前の家に転移させて真実を見せたと」

「っていう事は少し前に小屋に来やがった侵入者ってのは、グエンって野郎だろうな。私の結界を簡単に破りやがって……。これは私の所為でもあるな。ちっ、しかもご主人が作ったオリジナルの転移玉を盗んでいったってことだろ？　腹立って仕方がねぇ」

「そうですね。あそこにはレシピも保管してありましたから恐らく自分でも作ったのでしょう。先ほどご主人様を連れて逃げた時も転移玉を使っていたようですし、他にも盗まれたものがあるかもしれません。どうやってあの家の位置を特定したのかはわかりませんが」

「そしてご主人は連れ去られたと。ここまでが今日あった事実だな」

ダニングのまとめにみんなが頷く。

よし、整理ができ始めてきた。

「そして次はグエン王子の目的ですね。シズクはこれまでで何か摑めていますか？」

「特になんにもだな。……いや、一個だけあったな。王城に仕掛けた盗聴器の情報なんだが、最近エルフに不満を持つ奴が多いっていう話し声は耳にしたな。まぁ、そのうち情報媒体に何らかの情報が流れてくると思うから、それ待ちだな」

「やはりグエン王子の目標はエルフの排除なのでしょうね。そして私たちの動きを止めるためにご主人様を拉致した。そう考えるのが一番妥当ですね」

「じゃあなんでわざわざご主人様を一度あの家に転移させたのでしょうか？」

「多分、主に俺たちへの不信感を募らせるためだと思う。現に俺らは一年以上も主に言えなかったことを隠してきたわけだからね」

アイナの疑問に、同じ色の目をしたバンが答える。

「バンの言う通りです。そしてもしかしたら、もうご主人様は私たちを仲間と認めてくれないかもしれません」

場が一気に静まり返る。

だが最初から覚悟していたことだ。

そもそも最初からあの家を焼き払っていればこんなことにはなっていないのだが、それは私たちがしてきたことへの否定及び逃げだと思い行動に移せなかった。

そしてまんまとグエン王子の計画の一つに使われてしまったということだ。

唯一後悔していることは、結局一年以上も何も明かさずご主人様とずるずる共同生活を送った結果、この幸せを手放したくないと思ってしまうようになったことか。

要するに、私たちは全員過去と向き合うことから逃げてしまっていたということだ。

だけどもう遅い。

「ご主人様は何としてでも救出します。そしてグエン王子の謀りも打ち砕きます。もしご主人様に拒絶されたとしても、私たちの使命は人間とエルフが笑いあえる世界を守ることなのですから。それに、そのための準備はしてきました」

「そうだな。っていうかグエンって奴は、過去に人間はエルフに支配されていたからやりかえすっていう理由でまたエルフを支配しようとしてんのか？　あほらしい」

「そうでしょうね。それに今の人たちはかつて私たちが人間の奴隷だったことなんて知らないでしょうし、エルフも私たちが制限しているので言えないから、不満を抱くのは当然でしょう。何者かが彼に吹き込んだ目先の情報に踊らされて」

「今回の件がエルフたちに知られたら怒りは爆発してしまうだろう。『お前たち人間のほうが我々に酷いことをしてきた』となる。そして人間とエルフに溝ができ対立する。最悪のシナリオだ」

ダニングがそう不機嫌そうに眉間に皺を寄せた。

私たちはご主人様が亡くなった二〇〇年前から計画を動かし始め、およそ五〇年かけて準備し、五〇年で戦争を終わらせた。そして今、建国から約五〇年経っているということは戦争の終結から現在の王国の建国までに、空白の五〇年間がある。

私たちがご主人様にずっと言えなかった空白の五〇年。

再会したご主人様に隠してきたこの期間、戦争に勝った私たちエルフは人間を支配していた。

その時の王国の名は『エルフィセオ』。

そして初代国王は私こと、ヴェルが務めた。

どうして、そんなことをしたのか。

理由はいくつもあるが、一番の大きな理由としては、戦争に勝った私たちエルフがすぐに人間と平等に手を結ぶとなると、過去にひどい目にあわされたエルフたちの不満が爆発してしまうからだった。

そして何を隠そう、いざ戦争に勝ち人間を蹂躙したときに、私たち六人も人間に対する憎悪が暴発してしまったのだ。

無様に泣いて媚びる人間を見ると余計にその思いは重みを増し、私たちの心を蝕んでいった。

戦争という手段を取ってしまったのもご主人様という心のブレーキがいなくなった結果、失せたと思っていた人間への恨みが制御しきれなくなってしまったからであろう。

なんと醜いことだろうか。そこにはご主人様への忠誠なんてものはもうなかった。

私たちは、私たちが憎んだ人間たちと同じような道を歩んでしまったのだ。

だから私たちは五〇年間という期間を設けて、エルフをかなり優遇する政策を行った。

というよりも我に返り、五〇年を過ぎたあたりでその政策を打ち止めにした。

これこそ、一部の人間が経験し今でも後世に語り継ぐことを禁止している暗黒の時代である。

そして、およそ五〇歳を越えている人間はこの時代を経験しているということになる。

そしてこの計画を、エルフの自尊心を保つために『人間奴隷化計画』として展開していった。

もちろん実際はエルフが人間に対して奴隷のような扱いをすることは禁止していたし、当時それを厳重に取り締まっていたのが、今シズクの運営している『黒の組織』である。

しかし、扱いは当たり前のように平等ではなかった。

こうして五〇年かけて、エルフの鬱憤を晴らすことによって最終的に王権を人間に戻し、今のような国となったということだ。

だからエルフからしてみれば、妥協に妥協を重ねたのに人間側が都合のいいところだけ切り取って発信しているようにも思えてしまうし、人間からしてみればそんなことを隠していたのかという不満が爆発してしまう。

これを利用して王国内を混乱に陥れ、それに乗じて王権を勝ち取ろうとしているのだろう。

彼からしたら嫌なエルフも排除できて、さらには王権も取れる。

最高の展開なのだろう。

そしてそのためにご主人様を拉致して私たちの行動を制限した。

これがダニングも言っていたシナリオだ。

「さて、相手の狙いもわかったところですし今後について考えましょう。まずはシズク」

「なんだ？」

「あなたはできるだけ早く、ご主人様の場所を特定してください。どれくらいでできますか？」

「多分すぐできる。だが、見つけてすぐに動くのは愚策だな。準備が完璧に整ってからまた報告する。あと、王都の情報網は一通り確認しておく」

「わかりました。ではダニングはもしもの時のために貯蔵できる食材や日用品などをありったけ収納袋にでも確保しておいてください」

「わかった」

「そしてアイナとルリはシズクが怪しいと思ったところを伝えられるたびに、特攻してください。あなた達ならできますよね？」

「わかりました」

「うん……、グスッ、絶対お兄ちゃんを助ける」

「じゃあ私とバンは諸々の指揮を執ります。エルフ、人間問わず混乱が生じるまでに手を打たなければなりませんからね」

「わかったよ。……懐かしいねこの感じ」

「では各々最善を尽くしましょう。そして、ご主人様に手を出したことを後悔させて差し上げましょう」

そしてシズクからご主人様の場所を特定したとの連絡が入ったのは、わずか数時間後の事だった。

シズクが見つけ出した敵の拠点は王城から遠く離れた、グレイス街というそれなりに栄えている街の大きな建物であった。

大きな建物といっても外装は古く、路地裏で人影もない場所にポツンと鎮座していて薄気味悪い。

どうしてこんなところを拠点にしているのか、一体どれくらい彼らの計画が進んでいるのかわからなかったが、私たちは六人全員でここへと向かうことにした。

クレア王女やパトラ王女に一声かけようかとも思ったが、まだ王国がいつも通りであることからあまり騒ぎを大きくしないほうがいいと思い、何も言っていない。

正直この判断がどう出るかはわからない。

信じていた執事のスミスと名乗る者が、相手側だったと知ったらどうなるかわからなかったからというのが大きいが。

「この建物だな。油断すんなよ」

考え事をしている私の耳に入ってきたシズクのささやきに緊張が走る。

ご主人様を連れ去ったグエンという王子は、エルフをすべて奴隷に戻すために、まず私たちの動きを止めようとしている。必ず何か仕掛けてくるはずだ。

「ここは慎重に……」

一番前を歩いていた私が後ろを振り返った瞬間の事であった。

ルリが全身に魔力を迸らせ、殺人鬼のような目を光らせているのが目の端に映った。

「ちょっ、ルリ？」

「お兄ちゃんを奪ったのはどこのどいつだ？」

ルリがそう口走ったと同時に閃光が走り何かがはじける音が辺りに響いた。

その少しあと、ゆっくりと目を開けるともうルリの姿はなく扉がくりぬかれたように黒煙を上げていた。

魔法で無理やりこじ開けたのだろう。

結界が張ってあったが、問答無用でそれごと焼き切ったみたいだ。

余りの強引さに当の本人以外は言葉を失ってしまった。

「ちょっ、ルリ？　ヴェルさん私たちも早くいきましょう！」

アイナがその後を追っていき、バン、ダニングの順にどんどん中へと入っていく。

「おい、私たちも行くぞ。ぼーっとしてても、何も始まんねぇんだ」

「……そうですね。行きましょうか」

こうして私たちは敵の拠点へと正面から侵入していった。

扉をくぐり中に入るとそこには地下へと続く大きな螺旋階段が一つ、ぽつんと立っているだけであり、私たちは脇目もふらずに駆け下りた。

一体どれくらい走っただろうか。

とりあえずよくわからない量の階段を駆け下りたその先、そこには一つの大きな扉がありこれまた破壊されて黒煙を悲しく上げていた。

恐らく目の前をひた走る、茶髪のエルフの仕業に違いない。

そして開けた視界のその先には、とても外装からは想像できないほどの広い部屋の中でルリとご主人様を連れ去った男が剣をぶつけあっていた。

そんな中、その男は私たちに気づいたようでルリを力ずくで払いのけ、さらに距離を取る。

私たちはこちら側に後退ったルリを私たちは軽くなだめて目の前の男を見据えた。

ご主人様を拉致した忌々しき男を。

「ちっ、そのじゃじゃ馬娘はどうにかならんのか？　馬鹿げているだろう、その者の力は」

「申し訳ありませんね、グエン王子。この子、主人を連れ去られて気が立っているもので。というか随分と余裕ですね。場所も突き止められた上に計画は何も進んでいないように見えますが」

「計画？　なんだ、俺の計画の全貌でもわかっておるのか？」

グエン王子はそう言って、剣ではなく口で戦おうと言わんばかりに剣を鞘に納めた。

正直、後ろにいる双子のエルフならば数刻としないうちに目の前の男を切り刻み、骨も残らない姿にできるに違いないが、ご主人様の居場所がわからない以上それはできなかった。

　先ほどから刀を握りしめる音が後方から響いてくる。

「えぇ。なんとなくですけどね。大方一般人の方には、この王国の人間はかつて、エルフに支配されていたと言いふらしてエルフへの不満を溜めさせ、逆にエルフにはかつて人間にもっとつらいことをされたんだという不満を煽り、内部から衝突させようとしているのでしょう？　そして人間側が勝つには私たちの存在が邪魔だからご主人様を拉致して私たちの戦力を削ごうとした。そうすればあなたの嫌いなエルフも排除できて、人間からは支持が高まるから次期国王に近づく。違いますか？」

「なるほど、面白い推察だ。それで？」

「正答率はどれくらいですか？」

「そうだな、五〇％ってところであろう」

　五〇％と聞き、私は少し目を伏せた。

　もう少し高いと思っていましたが、他にもまだ何かあるようだ。

「まぁ、当初の予定は大体そんな感じであったよ。だが意外と手こずってな、おいそこのお前であろう黒髪の。お前の所為で新聞も放送機器も全部使い物にならなくなってしまった。いつからこの国の情報媒体を掌握していた？」

「建国からだ、当たり前だろ。手は先に打っておくんだよ」

　シズクがそう答えるとグエン王子は忌々しそうに彼女のことを睨んだ後、吐き捨てるように呟きながら地面を蹴った。

「そういうところなのだ。そうやって他の種族を見下して腹の中で笑って。俺はな、エルフと人間は絶対にわかり合えないと思っているのだ。そうであろう？　そもそも寿命も違うのにどうやってわかり合えというのだ。そして過去にはお互いに支配していた時代があったときたらそれはもう無理であろうよ。利用するかされるかしか道はないのだ」

「あなたは何か勘違いしていませんか？　エルフは人間を奴隷のようには扱っていませんよ。あれはエルフ側からのできる限り最大の妥協です。私たちエルフをモノのように扱った人間とは天と地ほどの差があります」

「っは？　どの口が言っておるんだ。現に俺の……。いや、これは口留めされている。……まぁい。とにかく俺はエルフが嫌いなのだ。というか人間の方が優れておるのだよ」

「話になりませんね。というかあなたの計画はもう破綻しているのでは？　早くご主人様を返してください」

「ご主人様、か。虫唾が走る。それにあいつの命は俺が握っていることを忘れたか？」

「主を殺すのなら、俺たちはお前を殺すよ」

グエン王子の一言に遂に限界が来たのか、今まで沈黙を貫いていたバンが口を開いた。

いや、バンだけじゃない。

他のみんなも臨戦態勢だ。

「おお、怖い怖い。じゃあもう帰してやろう。スミス！　フィセルを寄越せ！」

だが、突如その絶対に忘れないと胸に誓った名前が聞こえてきて、六人の動きが固まった。

なんでこのタイミングで？　や、無事なのか？　回復薬はいくつ持ってきたか？

などと思考を張り巡らせた後、ちょうど私たちが入ってきた扉の方から誰かが入ってくる音がした。

一斉にバッと後ろを振り向くとそこには、受け入れがたい真実が私たちを待ち受けていた。

「エルフ？　エルフはゼンブころさなきゃだめだ」

そこにはぶつぶつ何かを呟きながら、焦点の合わないうつろな目でゆっくりと近づいてくるご主人様の姿があった。

右手には剣が握られている。

「フィセル様！」

そうアイナが叫んで地面を蹴ったと同時にご主人様の右腕が動き切っ先がアイナに向いた。

「アイナ、避(よ)けろ！」

そしてその鋭利な刃がアイナの白い肌に突き刺さろうとしたぎりぎりの瞬間になんとか反応できたバンが、アイナの服を摑んで投げ飛ばした。

その拍子にバンの腕を行き場を失った剣がかすめていく。

「くっ、みんなご主人から距離を取れ！」

一番野太く響くダニングの声で、硬直しかけていた体が何とか動き始めてすぐに距離を取る。

ご主人様はその場からは動くことはなかった。

「てんめぇ、ご主人に何しやがった！」

「お前は本当に殺す」

その中でシズクがグエン王子の方へと向き直り走っていく。

それと同時にルリも聞いたことのないほどの音を踏み鳴らして、グエン王子へと刃を向けて言った。

だが当の本人は、満足げな顔で私たちエルフのことを見据えていた。

「言っただろう？　これが残りの五〇％だ。フィセルにお前たちを殺してもらう。そうすれば万事解決だ。お前たちはフィセルに刃を向けることができないだろう？　あぁ、もしお前たちが、自分の首を切って落とすというのならフィセルを元に戻しても構わないぞ。こいつは今、俺の魔法でこのようになっておるのだからな。さぁ、どっちを取る？　フィセルか、エルフの未来か。ふっ、ふはははは っ！」

ひとしきり高笑いをしたのち彼が指を鳴らすと扉の方からたくさんの騎士が詰めかけてきた。

恐らく、王城で彼があらぬ噂を言いふらして作り上げた、即興的な対エルフ団体なのだろう。

何とも哀れなことか。

「まぁ、どうやって壊したかと言えば、お前らがやってきた過去の事を事細かに説明しただけだけどな。恨むのならそんなことをしてきた自分たちを恨むがいい！　そして、ここで死ね」

こうして私たちは三十人を超える騎士と、一人の青年に囲まれてしまうのであった。

ここに来るのに私たちは完全に無策で来たわけではない。

というよりも、たとえ敵が何人いたとしてもアイナとバン、そしてルリがいれば敵になるような者なんていないと思っていた。

「アイナ、ここにいるたくさんの騎士の方たちと面識は？」

「もちろんありますよ。……というか『クリーガー』の人たちが何人か見うけられますね。厄介です」

『クリーガー』

アイナが苦虫を嚙みつぶしたような表情でその単語を述べた。

それは騎士になるための能力を、生まれた時から持ち合わせている最強の戦士。

過去に戦ったことがあるからその強さは骨身にしみている。

「ですけど、アイナたちなら大丈夫ですよね？」

「はい。むしろ殺さないように気をつけるほうが大変ですね」

「だね。死なない程度に痛めつけようか」

そう言い切ったアイナとバンの表情はいつも家で見せるような顔とは違った。

よし、こっちは大丈夫そうだ。

「ではアイナとバンとダニングは騎士の方たちをお願いします。ルリとシズクはあの王子を」

「じゃあご主人はお前に任せていいのか？　ヴェル」

「今のバンやアイナがご主人様の相手をしたら、加減ができないかもしれません。心配しなくても大丈夫ですよシズク。私が何とかして見せます」

「わかった。じゃあ行くぞ」

「エルフ？　エルフはオレガ全員コロス！」

目の前でふらふらと焦点の合わない目を泳がせている、私の命の恩人は苦しそうにそう叫んだ。

ご主人様がこうなってしまったのはすべて私の所為。

さんざん覚悟も決意も固めたはずなのに、いざご主人様と再会したとなれば急に怖くなりすべてを隠そうとした、私の弱さの所為だ。

あなたの目には、今私がどう映っているのでしょうか。

ともに長い年月を過ごした仲間に映っていますか？

それともあなたの種族を一度滅ぼした、醜い種族に映っていますか？


私たちは再会しない方が良かったのでしょうか。


私は、私たちが歩んできた道を後悔していません。

だけど、もしあなたがそれを許せないというのなら……。

私は一つ息を吐いて、呻きながら頭を掻きむしる一人の男性を見据えた。

騎士団と双子たちの戦いは、かなり優勢であった。

というのも、アイナとバンが騎士の人たちを気絶させて、ダニングが薬草から調製したしびれ薬で動きを封じてしまえば、殺さずとも動きを止めることができたからだ。

そしてルリとシズクはと言うと、本気であの王子に向かっていったが、騎士団に妨害されたり密室である以上、強い魔法が放てなかったりと中々攻めきれずにいた。

そして何より、ご主人様を巻き込まない保証がなかった。

更に、元からここはグエン王子のアジトであるために様々なトラップが仕掛けられており、上手く立ち回れていない様子が目に映った。

だがそんなことは一旦どうでもいい。

私は私の事をしなければならない。

「お前らはオレノとうさんとかあさんヲ！」

そう叫びながら振りかざしてきた剣を躲し、ご主人様に弱めの魔法を打ち込む。

だが何度倒しても死霊のように何度でも起き上がってくる。

そしてさっきの発言からわかるように、今のご主人様は完全に様々な出来事が混同してしまっているようだ。

恐らく、彼の瞳には私たちエルフが悪者に映っているのでしょう。

回復薬で治るかとも思ったが、精神的なダメージから来る傷は治せないことを、過去にルリの件で学んでいることから、恐らく無意味だと判断した。

精神的な傷は治せないのだ。

ならば私がするのは一つ、彼が正気に戻るまで相手をし続けることである。

しかしさっきも言ったようにこの部屋はグエン王子によってたくさんのトラップが仕掛けられており、集中していないと下から上から針が突き出してくる。

先ほどから騎士団の人にも問答無用で命中していることから、恐らく動くものに反応して出てきてしまうのでしょう。

現にご主人様にも何発かかすっている。

「お前らエルフは全員死ねばいいんだ！　俺から全部を奪いやがって！　死ね、死ねよ！」

中々当たらないことに痺れを切らしたのか、彼の語尾に力が増していく。

それと同時に彼の発言が棘のように私の心に突き刺さり、抉る。

辛い、悲しい、怖い、苦しい、痛い、痛い、痛い、痛い。

愛する人から受ける罵詈雑言が、ここまで辛いものだとは思っていなかった。

ご主人様に嫌われてもいいから、私たちはエルフと人間が共存できるようにとこの道を選んだが、どうやら私の心はそこまで強くなかったようである。

ご主人様だけには嫌われたくなかった。

彼の発言で傷ついた心の破片が涙となって、私の目からこぼれていく。

必死に拭いながら彼のおぼつかない斬撃を躱していたが、不意に一瞬だけ気が緩んでしまった。

「ヴェル？」

グエン王子の相手をしていたシズクの声が遠くから響くと同時に、床から伸びてきた刃が、私の右太ももを貫いた。

崩れる体勢、手放す剣。そして。

「死ねぇ！」

ご主人の刃が私の左肩から私の体内へと侵入していった。

私はそのままなすすべなく崩れ落ちる。

鼻と鼻が触れ合いそうな距離まで近づいた私とご主人様。

その目は、先ほどまで淀んでいた真っ暗な闇色に、少しだけ困惑の色が垣間見えているように見えた。

「いけ、フィセル！　そのエルフの首を撥ねるのだ！」

「お前は黙ってろ！　んぐっ？　また、この頭に直接……、痛っ」

死角からグエン王子とルリの声も追って響いてくるが、もう私の頭は真っ白だ。

左肩の痛みは徐々に全身の痛覚を支配していき、赤く染めていく。

少し遠くにいるルリも、少し危なそうな声を出していましたが大丈夫でしょうか。

いや、あの子なら大丈夫でしょう。

アイナとバンも一瞬こっちに向かうそぶりを見せたが、すぐに騎士団の追っ手に阻まれてしまったようだった。

一瞬、騎士団に向けられた殺気が感じられたが、どうにか抑えられたようである。

ここは私がやるしかない。

未だ私の肌を貫いている剣を握るご主人様の右手を、動かしづらくなってしまった私の左手で握る。

「はぁ、はぁ。私はご主人様に死ねと言われればすぐにでも死ぬ覚悟は持ち合わせていました。ですけど……、我を失っているあなたの命令は…、聞けません。だからまだ死ぬわけにはいきません。あなたの本心はどうなんですか？　ぐっ!?」

彼の目を見つめると同時に再び剣が押し込まれる。

でももう逃げるものか。

「思い出してください、私を……、私たちを」

グエン王子は言った。

『お前らがやってきた過去の事を事細かに説明しただけ』と。

確かに私たちがやったことは彼が望んだ方法ではなかった。

人間という種族を一度戦争によって滅ぼし、押さえつけ制限し、支配した。

それはもう消せない過去である。

そしてご主人様がこうなってしまったのも、今日という日までご主人様に打ち明けてこなかった私たちに問題がある。

でも嫌われたくなかった。

軽蔑されたくなかった。

血で汚れた私たちを知られたくなかった。

何も知らないあなたと、また一緒に笑顔で暮らしたかった。

ご主人様の目には、純真無垢な姿で映っていたかった。

こんな欲望は不要、全てはエルフの自由のためにと思っていたのに、いざご主人様に会うと突然捨てたはずの感情が芽吹き、花を開いた。

だけど今となってはもう遅い。

彼は私たちの手が血に染まっていることを知ってしまった。

ならば今私がやることは、たとえご主人様に「死ね」と命令されることになったとしても、暴走している彼を正気に戻すことだ。

恐らく洗脳されている彼を、元のご主人様に戻すことが、私にできる最後の償いである。

今の彼は、恐らく二〇〇年前ご主人様が汚い人間に抱いた感情も、全てエルフに向けてしまっているに違いない。それもこれもグエン王子の仕業だろう。

でも、困惑の色が見受けられる今なら、彼の耳に届くかもしれない。

痛みと悲しみから涙が止まらないがもう知ったことか。

「だから……、思い出してくださいい私たちを！　私たちとの絆はそんなものだったのですか!?」

第一〇章　ジブン

暗くてぼやけていてよく見えない。

もう自分が何者なのかもわからない。

だけれども、なぜか目の前のエルフだけは顔は見えないが姿は鮮明に映し出されている。俺はこのエルフを殺せばいいのか。

すべての元凶であるエルフを。

剣を握る力を強める。こいつを殺せば……。

『違う！　君は何をやっているんだ！』

だが、急にどこからか声が聞こえる。

どこからか？　いや違う。俺の内側からだ。

体の内部から響く声は、不愉快に俺の全身を波打ち、思考をぐちゃぐちゃにした。

「黙れ！　俺はこいつらを殺して人間が平和に暮らせる世界に……」

『何を言っているんだ!!　君が目指した世界はそんなものじゃないだろう？』

「でもエルフは人間を支配していた過去があるんだろう？　ならやり返すべきだ！　それが自然の

摂理じゃないか！」

　心の声に対して反論する。

　なぜか言葉は実際に口からは出なかった。

『君は何を言っているんだ？　二〇〇年前は逆だったじゃないか！　それにあのエルフたちが人間を奴隷のように扱うと思うか？』

「知らないよ！　でも、でも……じゃあこの記憶は何なんだよ！　今の俺の頭にはエルフが人間を虐殺して陥れた映像しかへばりついていないんだ！」

『確かに彼らは戦争によっての打開を試みた。そして人間に不利になる政策をとったのも確かだ。この過程でどれだけの犠牲が出たかはわからないよ。でも、だからと言ってこのまま彼らの反論を聞かずに進んでいいのか？　君は一緒に罪を償う気でいたんじゃないのか？』

「それは………」

『何を迷っている。エルフは人間に酷いことをしてきた。だからともにエルフを駆逐しようじゃないか。なぁ、フィセル！』

　更にもう一人、心の声が増える。

　そうだよ、俺はこの王子と共にエルフをハイジョするんだ。

『止まれ、止まるんだ!!』

「だからエルフは全員殺すんだぁあああああああ！！！！！」

　そう叫び、剣を突き刺しているエルフから抜こうと力を込めた時だった。

「～♪♪～♪」

……なんだ？　どこからか懐かしい声が聞こえる？

俺はこの歌を、どこで聞いた？

靄がかかってほとんど見えない視界とは違い、その歌声は鮮明に耳から入ってくる。まるで迷っている俺への道標となるように。

使われている言語は俺の知るものではないこともわかるが、俺はこの歌を聞いたことがある。

「これは……、ご主人様が気に入ってくださった、エルフの……子守歌です」

エルフ？

いや、エルフは殺すべき……。

ズキン。

なんだ、頭に痛みが……。

「ご主人様、思い出してください私を、私たちを！！！」

思い出す？

一体何を？

「あなたの名前はフィセル、そして私はあなたに命を救われた一人のエルフです！」

「おいフィセル！　何を歌ごときで動揺しているのだ、さっさとそいつを殺せ！」

少し焦ったようなグエン王子の声が、部屋に木霊した。

そうだ俺はエルフを……。

あれ？　手が動かない。

体が拒絶している。このエルフを傷つけることを。

俺の全細胞が動きを止めろと泣き叫んでいる。

開いたままの目からとめどなく涙が流れている。

そして次の瞬間、顔はしっかりと見えないままだが六人のエルフたちと楽しく笑いあって過ごした日常が、記憶の乱流のように頭を駆け巡った。

そうだ。このエルフは俺の仲間で同居者で、すぐに俺をからかうけれどそこには確かな愛情があって……。

でも名前が思い出せない。

あと少し、あと少しなのに……。

「おいフィセル!!　いいのかお前はそれで？　エルフは人間の敵なのだぞ！」

遠くから叫び声が聞こえるがもう知ったことではない。

俺はこのエルフと、二度出会ったことがある？

「君は、君はなんていう名前なの？」

俺が頭を抱えながら、目の前の女性にそう尋ねると、彼女は涙を流しながらも笑みを浮かべて俺の手を握った。

「私の名前は、ヴェルです。二〇〇年前にあなたから、素晴らしい名前をいただいたエルフです」

「そうだよ、ヴェル、ヴェル！　ヴェル!!」

俺は剣を握る手を放してそのまま目の前のエルフに抱き着いた。

俺が傷つけてしまった大切な仲間に。

「ヴェル、ごめん俺は……」

「いえ、……。悪いのはこちらもです。おかえりなさい、ご主人様」

「なっ？　どういうことだ、俺の魔法が解かれただと!?」

俺がヴェルを抱きしめたと同時に、グエン王子の声が聞こえてきたが、腕の中に確かにある温もりが、その騒音をかき消した。

「残念だったな糞王子！　私たちとご主人の絆をなめんな！」

「あぁ？　そんなもん存在する訳がなかろう、気色が悪い！　だいたい……がはっ！」

「それ以上お兄ちゃんを侮辱するな汚らわしい。それにお兄ちゃんの意識が戻ったのなら、お前はもうイラナイ」

ルリが繰り出した蹴りが動揺していたグエンの腹部に直撃してそのまま吹き飛び、床に何度かバウンドした後、壁に衝突してめり込んだ。

とんでもない音が鳴った気がするが今はそんなことよりもヴェルの怪我だ。

出血量がかなりひどい。

「ヴェル、ヴェル大丈夫か？　今回復薬を持ってくるからな」

「大丈夫だ、俺が持っている。早くこれを使え」

「ダニング！　は、早く！」

どうやら同じタイミングで騎士団もすべて制圧できたようでアイナとバン、そしてダニングがこちらに向かってきており回復薬を渡してくれた。

そして受け取った回復薬をヴェルの傷口に垂らしてやるとみるみる傷はいえていく。

どうやら間に合ったようだ。

「本当に、本当にごめんヴェル……。俺は君を……」

俺が泣きながらヴェルの手を取ると、彼女も申し訳なさそうに俺の手を握った。

「いえ、私たちの方が悪いです。ご主人様に真実を知られたくないがために、ずっと隠していたのですから。ただ……、本当に私たちは人間を奴隷のようには扱っていません。しかし戦争を起こし、多くの犠牲を生んだのは事実ですし、人間が不利になっていた時期があったのも事実です。それは目を背けることのできない私たちの罪です。未だなお、エルフを恨んでいる者たちがいるのも事実です」

「うん、わかってる。また落ち着いてからゆっくり話して、しっかり皆で向き合おう」

俺はヴェルの傷が癒えたのを確認してから、先ほど壁に叩きつけられたグエン王子の元へと一人で向かっていく。

まだ全部終わったわけじゃないからだ。

「どうだった？　仲間に剣を突き付けた感覚は？　まさかお前、エルフどもがやったことを肯定する気ではなかろうな？　こいつらがやったことは、人間からしてみれば許されていいことではないのだぞ？」

俺が近づくと彼は目を合わせることなく、吐き捨てるようにそう言った。

「許すも何も、俺が彼らをどうこう言う権利はありません。でも、贖罪はともに行います。それがたとえどんな過去であっても」

「お前は自分が、人間からして見れば反逆者だということを自覚しているのか？　お前の所為で、お前の発明の所為でこの国は一度滅びたのだぞ？」

グエン王子の言葉に俺は唇をかみしめた。

彼の言う通り、六人のエルフが行ったことの元をたどればすべての元凶は俺にある。

「その通りかもしれません。もしそうならば、この二回目の人生を賭けて罪を償います。この王国の未来のために」

「綺麗ごとをならべるな、悪人が」

「何とでもおっしゃってください。偽善だったとしても、それが俺の正義でした。そして俺たちは歩みを止めるわけにはいきません」

「お前はエルフたちの言うことを信じるのか？」

「少なくとも、あなたよりは。それにこれで王子の目論見は打ち砕かれましたね。このままクレアたちに報告すれば、あなたは国家反逆罪とかで……」

「はっ、まさか俺の計画がこれで終わりだとでも思っておるのか?」

「……なんですか? まだ手があるんですか? もうあなたは満身創痍じゃないですか」

「愚か者が、一人忘れておるだろう。それに……、時間稼ぎはもう十分であろう。なぁ、スミス!」

「なっ?」

俺が彼の視線の先、すなわちこの部屋にある唯一の階段の方を向くとそこにはスミスさんが一人、ぽつんと立っていた。

そういえば、この人はどうしてグエン王子サイドについていたんだ?

あの時彼が言った人間とエルフは共存できるというのは嘘だったのか?

「はい、おかげさまで。お疲れさまでしたグエン様」

「スミスさん! あなたはいつからグエン王子に味方していたのですか?」

遠くにいるスミスさんに届くよう、俺は持てるすべての力を振り絞って大声を出す。

すでに場が静かになっているおかげで俺の声はよく響いた。

「いつからも何も最初からです。それにグエン様に過去を話したのは、他でもない私ですからね」

それでは本当に黒幕はスミスさんじゃないか。

それに先ほどグエン王子は時間稼ぎと言った。

一体彼らの本当の目的は何なんだ?

「スミス! 早く手を貸してくれ! この者たちの所為で足も肋骨も折れちまった」

「いや、お前はここで死ぬんだ。お兄ちゃんに手をかけた報いを今ここで受けろ」

「いいのか？　エルフが王子を殺したら殺したでそれは問題になるぜ」

「別に私はどうなってもいい。お兄ちゃんを傷つけたお前が死ねば」

「おい、ルリも落ち着けって……」

ぼろぼろのグエン王子と言い合うルリを何とかなだめ、再び扉付近にいるスミスさんの方へと視線を移そうとしたとき、不意に『パンッ』という無機質で乾いた音が響いた。

突然のことで状況があまり呑み込めずにいた俺は、とりあえず自分の体を見下ろすが特に何も見受けられなかった。

次に周りのエルフに視線をずらすが誰かが血を流して倒れているとかはなかった。

ただ一人、元から倒れていた人からはどんどん血が流れていたが。

反射的にもう一度スミスさんの方に向き直る。

スミスさんが掲げている謎の魔法具。

「スミス……？　貴様、何をしておるのだ、どうして俺を撃っている？　そ、それは俺が開発した……」

『魔法銃』

確かその魔法具はそんな名前だったはずだ。

込めた魔力を凝縮して弾丸のように放つことができる魔法具で、まだ市場にはほとんど出回っていない希少なもの。

クレアから少し聞いたことのあるだけのものだったが、グエン王子が開発していたのは初めて知った。

いや、今それはどうでもいい。

どうしてスミスさんはグエン王子を撃ったんだ？

「ええ、あなたに頂いたものです。そしてもうあなたは用済みです」

「お前……！！　っざけんな！！！」

グエン王子は口からぼたぼたと血を流して必死に立ち上がろうとするが、体の骨はもうボロボロになっているうえに、両手が血まみれになっているせいで壁に手を突こうにも滑ってまた倒れてしまった。

「私も先ほどまではあなたとともにこの計画を最後までやり遂げようとしていましたよ。だけれどもあなたは先ほどこう言った。『エルフを再び奴隷にする』と。それでは何も解決しません。そう、私たちが本来するべきは『殲滅(せんめつ)』。すなわち皆殺しなのですよ。復讐の断ち切り方はそれが一番です」

「皆殺し？　じゃあお前も死んだほうがいいな」

そう言って先ほどまでグエン王子を見つめていたルリが目線を外し、スミスさんの方を見た。

足に魔力が込められているのがわかる。

「おやおや、敵が何をしようとしているのかも知らないのに、すぐ行動に移そうとするのは愚の骨頂ですよルリ様」

「ルリ、一回落ち着いてくれ」

とりあえず俺はそんなルリをなだめて落ち着かせる。

確かに何をしようとしているのかわからない以上、変に行動しない方がいい。

「まさかフィセル様がこうも早く、意識を取り戻すとは流石に予想外でしたがね。それが人間とエルフの絆というものなのですか？　良いものを見させていただきました」

「そうですよ。それでスミスさんは何をしようとしているのですか？」

「私の目的は、そうですね、このエルフと人間の種族間戦争に終止符を打つことです」

「終止符……？　そのためにエルフを皆殺しにする気ですか？」

「フィセル様の過去については私も調べさせてもらいました。過去にエルフが奴隷の扱いを受けていた時に、エルフが人間から独立するためにいろいろと尽力なさったようですね。お疲れさまでした」

スミスさんは、乾いた拍手をしながら笑みを浮かべて俺にそう告げた。

「………」

「ですがそれは根本的な解決になったのでしょうか？　事実、エルフの中にはまだ人間を恨む者もいますし、私のようにエルフに支配されていた過去を持つ者もいる。そんな中で共存なんてできると思っているのですか？」

「でも今の世界はできているじゃないか！」

「そんなものは上辺だけです。寿命も違えば考え方、歩んできた歴史も違う。本来関わりをもたない種族同士、わかり合うなんて絶対に無理です。今回のように、また人間がエルフを支配しようとしてその次はエルフが……。というように負の連鎖は止まりません。ならばどうすればいいか。簡単な話です。エルフをすべて殺してしまえばいい。最初からそんな種族、なかったことにしてしまえばよいのです」

スミスさんの発言に場が凍り付く。

なぜそんな思想になっているのか、いったい何が彼をここまで突き動かしているのかはわからないが、このまま行ったら恐らく全エルフが彼によって殺されてしまうかもしれないというのは確かだ。

それほどまでに彼の言葉には重みが感じられた。

「では私はこれで失礼します。私の後を追いたければ追ってください。ただ、すべてのエルフを安全な場所に避難させた方がいいかもしれませんがね。タイムリミットはあと二十分といったところでしょうか。それで防げるかどうかはわかりませんが。では」

「ちょっ、待て！！！！」

俺の叫びもむなしく、瞬きをした次の瞬間にはスミスさんは姿を消していた。

「お、おい、どうするヴェル!!　なんだよ、何が起こってんだ?」

「よくわからないがあと二十分で何かが起こるみたいだね」

シズクとバンが静かになった部屋で最初に口を開いた。

本当に、何が起こっているのかわからない。

「恐らく、私たちをここに集めるのが本当の目的だったんでしょうね。そしてあと二十分で何かが起こると。まずはすべてのエルフを安全なところに避難させましょう。シズクは放送で避難勧告を、アイナとバンは王城に報告に行ってください。そしてダニングとルリで避難場所を確立させておいてください」

「俺はスミスさんを追うよ。あの人とはもう少し話さなくちゃいけない」

「私もそちらに行きます。私たちが国を治めていた五〇年間で彼に何かがあったのは確かですから」

「では作戦開始です」

「「「「「はい」」」」」

こうしてエルフの存続をかけた最終決戦の火蓋が切られた。

エルフが滅びるまで、残り二十分。


四人のエルフが外へと飛び出していったあと、部屋に残されたのは俺とヴェル、そして倒れている騎士たちとグエン王子であった。

俺はまず、グエン王子に近づき傷口に回復薬を塗って肩をゆする。

すると一分もしないうちに意識だけは取り戻した。

流石は俺の開発した回復薬なだけある。

「ん？　なんだ、俺は撃たれたのでは……？」

「俺が治しました。そんなことより、いったい彼は何を企んでいるのか早く教えてください。時間がないんです」

俺がそう言うと、グエン王子は「あぁ、なるほど」と小さく言ってばつが悪そうに顔をしかめた。

「教える訳がなかろう。そもそも敵の傷を治すという思考に至っている時点で、お前がどこまでお人好しかわかるな」

段々と顔色がよくなってきたグエン王子はそう言って鼻を鳴らした。

だけどルリに折られたりつぶされたりした骨や臓器までは治っていない。

それなのに、まだここまで自我を保っているのは流石というべきか相変わらずというべきか。

「別にお人好しだからじゃないです。情報が欲しいから回復薬を使っただけです」

「俺がしゃべるとでも？　お前は馬鹿か」

「いえ、あなたなら裏切られたらすぐこちらに手を貸すと思っただけです。なんとなくですけど」

「残念だったな。俺はあいつを裏切らぬよ。……丁度いい、少し話を聞いていかないか？　そしたらスミスが何を企んでいるのかはわかるかもしれんぞ」

「時間がないので手早くお願いします」

「そう急かすでない。あれは俺がまだ幼い時だったか……」

グエン王子は過去を懐かしむように目をつむり、ぽつりぽつりと話し始めた。

俺は王族の一人としてこの世に生を受けた。

といっても国王の次男の息子だから、次期国王には遠いと周りから言われたり、その国王の長男の娘が、女であるにもかかわらず非常に優秀で、この辺りでは珍しい女君主として名を馳せることができるのではないかと、有望視されていたから誰も俺に興味なんて持たなかった。

さらに、王族の者はそれぞれ固有の魔法を使うことができるんだが、俺の魔法は一日に一人だけにしか使えないという、なんとも微妙なものであり周りからは雑に扱われていた。

これに加えてこの国は、俺が生まれた時はすでにエルフという種族との共存を掲げており、王城内にもその雰囲気が強く出ていた。

この王女も親エルフの筆頭であったがゆえに支持者が多かったというのも言える。

まだ少年だった俺は正直どうでもよかったが。

だが俺には一つ、才能があった。

それは様々な魔法具の開発についてだった。

だから俺はずっと部屋にこもって、時間があればいろんな魔法具の開発にいそしんだしそれが生きがいだった。

友達なんて呼べるものもいなかったから、この時だけは夢中になれた。

だけれども周りの評価はひどいものだった。

というのもこの国は、人間よりもエルフの方がそういった開発に優れているという認識だったのだ。

例を挙げるのなら、エルフだけが作り方を知っているとされる回復薬や転移玉と呼ばれる魔法具などだな。

要は人間が手を出すものじゃないという風潮が強かった。

だから「それは人間なんかがやるものじゃない」とよく言われたものだ。

親族にも周りのエルフにも。

だけど俺はそんな声を無視し続けた。

それだけが生きがいだったから。

もしかしたらこれがエルフに対する憎しみの原点だったのかもしれない。

この時はそこまで強い思いは持ってなかったがな。

そんな自分だけの世界を持ち始めて数年が経過して、俺が十七歳になった時だった。

確か王族のパーティーの最中だったか、あいつが俺に話しかけてきたのは。

「私は今クレア王女の執事をやっております、スミスと申す者です。少しお話をしませんか」

これが俺とスミスの出会いだった。

話を聞いてみると奴は過去、もっと言えば俺たちの知らない建国前の時を生きており、その時にエルフに酷いことをされたから、どうにかして復讐をしたいと言い始めた。

この時代、過去について話すのは法律で禁止されていたが、興味を持った俺は全部聞くことにした。

そこでスミスの両親と弟は、エルフによって殺されたことを知った。

更にそのエルフは何の罪にも問われなかったらしい。

スミスは十歳にして天涯孤独になったらしいのだ。

そしてこんな世の中は間違っているとも言い始めた。

エルフと人間が共存できるわけがない。私のような思いを持つ者はたくさんいると。

でもなんでそんな話を俺に？　と奴に聞くと俺の力を貸してほしいとのことだった。

俺はそれを聞いて、本当に嬉しかった。

初めて俺のことを必要としてくれる人が現れたのだから。

こうして俺とスミスはエルフを排除する計画を練り始めた。

俺は王子としてではなく、研究者として奴に手を貸したのだ。

その計画とは、すべてのエルフを追尾する光線を開発することだった。

そしてこれに必要なのはその装置と、すべてのエルフの居場所がわかる探知魔法の二つであった。

俺はそんな探知魔法を知らないと奴に言ったが、なんでも二〇〇年前にその魔法を確立した発明家がおり、さらにこの王国のどこかにその研究書が眠っているとのことだったから、俺はまずその巨大な光線を放つ機械を作成することにした。

幸いにも王子であるために金も作る道具も、材料もすべて簡単に手に入った。

さらに一年ほど前にスミスがその過去の研究書が眠る家を発見し、無事にすべてのエルフの場所がわかる魔法を得ることができた。

そこで新たに、その魔法を開発した謎の発明家が転生するかもしれないということ、そしてスミスさえも知らないエルフたちにも奴隷時代があったことも知った。

その発明家に仕えていた六人のエルフが、今のエルフをまとめる中心人物であることも。

このことをスミスに報告すると、もうその発明家は転生しているということを知らされ、そこから今回のような計画を思いつくに至った。

まず、その発明家を拉致して洗脳させる。そして上手く事が運べば、そのまま中心人物である六人のエルフを殺させる。正直あのエルフたちを殺すことのできる者は王国中探しても、そいつしかいなかったからだ。

また、その発明家を拉致した理由としては、俺の開発した魔法光線機械は動き始めるまでにかなりの時間がかかる上、とんでもない魔力を垂れ流すために起動中にバレてしまう恐れがあったからだ。

そのため魔力探知を阻害する結界を張った建物に、我を失わせた状態で呼び込む必要があった。

そうすればお前らがここに入ってきた時点から機械を起動できるからな。

そしてそれは見事に成功し、あと残り二十分もしないうちにすべてのエルフに向かって光線が降り注ぐ。

「これが俺たちの計画の全貌だ」

彼はそう呟いた後、息を深く吐いた。

「お前がその発明家だろう、フィセル？　この時代じゃ何を開発してもエルフの二番煎じだなんて言われる。羨ましいよ、お前が生きた二〇〇年前は、自分の作った魔法具が評価されたのだろう？　この時代で研究者はただの異端児なのだよ」

「でも、それがエルフを憎む理由にはなりえません」

「あぁ、そうだ。俺は俺を認めてくれたスミスのために頑張っただけだ。そして今日、長いエルフと人間のいざこざに幕引きだ」

「間違ってるよ！　殲滅なんて間違ってる!!」

俺がそう叫ぶと、グエン王子は先ほどとは違い、俺のことを真剣な眼差しで見つめた。

「俺から言わせてもらえば、お前たちの歩んできた道も間違っていると言わざるをえんな。現にスミスのようにエルフによって天涯孤独にされた人間だって少なからずいる。そいつらは過去について話すなって口止めまでされておるのだぞ」

「でもそれは過去に人間が……」

「だからそいつらと俺らは何の関係があるって言うのだ？　なんだ、スミスは生まれた時代が悪かったで済ませろとでも言う気か？　奴隷扱いではないから甘んじろとでも言うのか！」

あまりの剣幕に俺は一歩後ろに下がった。

彼も大声を出して腹の傷が痛んだのか、顔に顰め面を張り付けた。

「それは……」

「だから寿命の違うエルフと人間は共存するのではなく、大人しく不干渉っていうのが正解だったのだ。だが、それはもう無理だからこうして殲滅してゼロにしようと言っているのではないか！

……まぁ俺は生き残ったエルフを再び奴隷にしようとしていたし、こうしてスミスに捨てられたがな。だが、スミスが満足するのなら、俺はそれで構わない」

「………」

「ただ、俺はエルフにそこまで悪いことをされたことがないから、結局はよくわからないってのはあるかもしれないな。……手を出せ」

彼はそう言ってポケットから何やら紫色のガラス玉を取り出した。

見るからに怪しいその玉を俺は素直に受け取ることができなかったが、彼は俺の手を引っ手繰り、無理やりそのガラス玉を握らせた。

「使う、使わないは自由だ。一応言っておくが、これを使えばスミスのところまで行ける。ただ信用できないのなら捨てるがいい。……回復薬の礼だ」

「これは……？　赤玉でも青玉でもないように見えるんですが」

「お前のレシピを見たらいろいろ不完全なところがあったからな、俺なりに改良したものだ。あとは好きにしろ、俺はもう眠いのだ」

「どうするのですかご主人様、まさか使うつもりですか？」

今までだんまりを決め込んでいたヴェルが、横から心配そうな顔でこちらを見る。

だが、スミスさんがどこに行ったのかわからない以上これを使うほかない。

もしかしたらとんでもないところに飛ばされる可能性だってある。

ただグエン王子の話を聞いて時間がないのは確かだし、スミスさんがどこにいるのかは結局わからなかった。

「なんでスミスさんの計画を邪魔するようなことを？」

「言っただろ、回復薬の礼だって。それに、そこのエルフのお前、ヴェルと言ったか。お前はこの国の建国前の国王なのだろう？　何か弁明でもあるのなら、死ぬ前にスミスに言ってほしいと思っただけだ。あとは好きにしろ」

「わかりました。使わせてもらいます」

俺がそう呟くと、グエン王子はそっぽを向きヴェルが俺の腕を掴んだ。

表情からは不安があふれ出している。

「……信じるのですかこの者を」

「なんとなくだけど、グエン王子は俺と似ている気がするんだ。生まれる時代が違ったら俺もこうなっていたかもしれない。だからちょっと信じてみたくなったんだ。それにもう時間がない」

「ご主人様は相変わらずおバカですね。わかりました、私もお供します」

「エルフと人間の絆、か。人間同士ですらわかり合えない俺たちにその未来はあるのか」

「俺はあると思います」

「口では何とでも言えるな」

彼の言葉を聞き終える前にガラス玉を地面に落とすと、眩い光が俺とヴェルを包み込んだ。

次に目を開けると、そこには巨大な機械の前に立つスミスさんの後ろ姿があった。

彼は俺らの方を振り返ることなく、ずっと目の前の巨大な機械を眺めていたが、すぐに静寂は破られた。

「やはりグエン王子はその選択を取りましたか。今、王都は大混乱ですよ。王国内に緊急放送がかかって、エルフは全員どこかへ避難しているようです。それにクレア王女やパトラ王女も積極的に避難に協力しているようです。いやはや、これがあなたの作りたかった未来像なのかもしれませんね、フィセル様」

彼はそう言ってゆっくりと俺の方を向いた。

機械は先ほどからまばゆく光っており、魔力濃度がかなり高いのが魔力に鈍感なはずの俺でもわかる。

恐らくヴェルなんかは息をするのもやっとに違いない。

「皮肉にも今、顕著に表れていますね。人間とエルフが協力しています。そしてそれは俺が作りたかった未来です」

俺はそんな空気の中、顔がはっきりとは見えない人影に向かって言葉を発した。

エルフと人間が手を取り合う。

それこそが俺の思い描いた未来だから。

「……私の事はおおかたグエン王子から聞いているのでしょう」

「えぇ、建国前の五〇年間、すなわちエルフが人間を支配していた時代に両親と弟を殺されてしまったと聞いています」

「その通りです。そして幼かった私は訴えようとしたのにもかかわらず、そのエルフは軽い罰で済みました。もはや、あれを罰とは言えませんね、権力とは恐ろしいものです」

「確かにあの時代を生きた人間の方はつらい思いをされたと思います。ですが、人間に対するエルフの嫌悪感を緩和するためになくてはならない期間でもありました」

俺の後ろからヴェルが反論する。

何を隠そう、俺もまだあまり過去については深く理解できていない。

だけど少なくとも今だけはヴェルたちの味方でいようと思った。

「ならば私は、私のような人間はただただ泣き寝入りしろと？」

「一応エルフが人間を殺さないように、ひどい扱いをしないように監視する組織は設けていたのですがまさかそんなことがあったとは」

そんなヴェルは俺の後ろから申し訳なさそうな顔をしながら話す。

嘘はついていないように思えるがどうなのだろうか。

真相は当事者の彼らしか知らない。

「国王の耳に届いていないと？　それは不思議な話ですね。いえ、この出来事はそれくらいちっぽけなことだったのかもしれませんね。あなたたちが積み上げた死体の数に比べれば」

「そうかもしれません。反論はしません」

「そうですか、ならばやはり今回の計画は間違っていませんでしたね。あなた方も過去、人間に酷い思いをさせられたのでしょう？　苦しかったでしょう？　妬ましかったでしょう？　今でも人間の事を苦手だと思うエルフは少なからずいるでしょう？　やはり人間とエルフは共存できないのです、別々で生きるべきだったのです。もう遅いですがね。最初に人間がエルフを奴隷にした時点でどちらかは滅びる運命にあったのかもしれません」

「だからこうしてエルフを全員殺すと？」

「はい、ここで一からすべてをやり直します。ここでゼロにしないとまたいつかエルフが人間を支配する日が来るかもしれませんからね。それに……、私はエルフを心の底から憎んでいますから」

そう言ってスミスさんは再び巨大な魔法具に向き直った。

こうして話している間もどんどん部屋の温度は上がっているし、音も先ほどより騒がしくなってきた気がする。

「この魔法具が開発できたのはあなたのおかげでもあるんですよ、フィセル様。あなたがすべてのエルフの居場所を探知する魔法という、奇想天外な魔法を開発しなければ私の計画は上手くいっていませんでしたから。そしてグエン王子のおかげでもありますね」

「俺はまさか、俺の開発した魔法がこんな形で使われると思っていませんでしたけどね。考え直す気はありませんか？」

「ありませんよ。……ただ、一つだけフィセル様に聞きたいことはありますね。どうしてあなたは、エルフを助けようと思ったのですか？　あの家にあった資料には、当時エルフは奴隷扱いが普通だったと記されていたらしいのですが」

「そんなの、奴隷扱いを受けている時点でおかしいじゃないか！」

思いもよらぬ質問に俺は声を荒らげて答えてしまい、はっと我に返る。

少し浅めに深呼吸をして俺は再びスミスさんの方を見つめた。

「私はおかしくないと思いますよ。だってエルフは人間に敗れて奴隷になったのでしょう？　そしてあなたが変な気を起こした所為で、私が生まれたときはエルフが人間を支配する時代になってしまっていた。そしてそれによって私は家族を失った」

「で、でも！」

「でも、エルフの多くも人間に家族を殺されたとでも言いたいのですか？　そしてだから私がエルフを恨むというのは見当外れとでも言うつもりですか？　私が生まれた時代が悪かった。で終わらせるつもりですか？」

なんて答えればいいのかわからず言葉に詰まる。

確かにスミスさんが言っていることは間違っていない。

どっちも正しくて、どっちも間違っている。

今、この場に正解なんてない。

「私は、歴史が変わる瞬間というものは必要だと思っています」

だがそんな口の動かない俺に代わって再びヴェルが話し始めた。

「そうですか、いやそうですよね。そう思っていなければあのような政策はとらないですものね、国王様！」

「私の役目はエルフと人間が共存できるような時代が数百年後訪れることができるようにこの平穏を守ることだと自負してきました。すべては何百年もかけて、人間もエルフも最初から仲間だったと思えるような時代にするため。そのために犠牲は必要でした。そのために嫌悪感を少しでもなくすために種族格差を作り、過去を亡きものにしてきました」

「犠牲が必要……？　あぁ、なんだ。最初から私たちは切り捨てられていたのですか」

「この先を担う、新しき世代のためにです」

「なるほど、この国の未来を見据えているあなたたちと、過去をいつまでも恨み続けている私がわかり合えるはずがありませんでしたね。ただ、もう私の勝ちのようです」

スミスさんは俺らに背を向けて我が子を撫でるように轟音をとどろかせる巨大な機械を愛おしそうに撫でた。

その機械はもう限界がきているといわんばかりに音を上げ、光を巻き散らす。

「これで私の夢が叶う。すべてのエルフはこれで……」

「まだわからない。俺が何とかして見せる」

だが俺はまだあきらめていない。

すべてのエルフを殺す？　そんなことさせてたまるか。

スミスさんからしたら俺たちは悪に違いない。

ほかの人間の中には俺たちをすべての元凶だ、悪魔だと罵る者がいるかもしれない。

ならば俺は悪でいい。


この世界でエルフと人間が笑いあって過ごせる未来が来るのなら俺は喜んで悪になろう。

そのために俺は生まれ変わったし、ヴェルたちも今までを生きてきたんだ。

ここまで来たらすべてを貫き通すしかない。

「何をばかなことを。この状況からどうされるおつもりなのですか?」

「正直この国は二〇〇年前からほとんど魔法や魔法具が発展していないと思っています。なら、昔の知識で俺がこれを解除して見せます」

「そんなことできないとは思いますが」

「やってみないとわかりません」

「無理でしょう。……ですがあなたなら奇跡を起こすかもしれませんしね。そっちがその気ならば私も手を打ちましょう」

胸元に手を入れ何かを握るスミスさん、地面を蹴る俺とヴェル。

言葉を発しなくても俺とヴェルが何をすべきかはお互いもうわかっていた。

「ご主人様には指一本触れさせません。ご主人様、早く前へ！」

「ヴェル、頼んだ！」

「ならばあなたも殺してあげましょう！　人間の裏切り者が！」

俺の方へ銃口が向けられたがその前にヴェルが魔法をスミスさんに放ち体勢を崩す。

その間に俺は何とか機械の向こう側に回り込むことができ、メインパネルのようなところにたどり着くことができた。

いけるか、過去の俺。

頼む力を貸してくれ。

機械の向こう側では金属がぶつかり合う音と先ほど聞いた乾いた音が何回も放たれたがとりあえずは一旦無視だ。

俺は息を深く吐いてその機械に向かい合った。

『今王都にいるエルフの方は早く王城へ来てください！　緊急事態です！　その他のエルフの方もできるだけ安全な場所に避難するか、救助を待ってください！』
王国内にクレア王女の声が響き渡る。
王城には腕利きのエルフたちによって、最高水準の結界が張られ、王国内にいるエルフたちは全員そこに避難することになったが、いきなりそんなことを言われても、みんながみんな動くはずもない。

だがこの国の中心人物であったエルフたちや、王女の呼びかけによって事態がただ事ではないと浸透していき、王国内はパニックになりつつあった。

そんな中多くの人間、特に若者を中心として王国内に避難勧告を伝え続け、子供や妊婦のエルフたちに手を差し伸べる者たちが多くいた。

そして中には五十歳を超えているに違いない人間の人たちも協力していた。

彼らはエルフに辛い思いをさせられていたに違いないのに。

それは彼らが、今現在王国に何が起こっているのかわからないから、思うがままに行動したのかもしれないが、グエン王子たちが否定したエルフと人間の絆というものは確かにそこにあった。

建国からの数十年で、変わったものもあったということだ。

「よし、かなりいいペースで集まってきてるぞ。だけど正直この防御結界でどこまで耐えられるかだな。もっと分散させるべきだったか？」

「いや、人を集めた方がより強固な結界を張れるからいいと思う、それに騎士団の人たちも結界に協力してくれているから、これでいいと思う」

「あとはご主人たち次第だな。正直俺たちはこれ以上何もできん」

「そうですね……。私たちは私たちのできることを、フィセル様にはフィセル様のできることを全うしてもらうしかありませんからね」

「私は何とかなると思うな！　それに私の魔力で結界を張ればどんな隕石だってへっちゃらだよ！」

五人のエルフたちはそう言って、王城の中央で空を見上げた。

ここにいない仲間の事を想って。

エルフが滅ぶまで、残り十分。

目の前で轟音をとどろかせながら、生き物のように活動を続ける巨大な機械を俺は見上げた。これを止めないとこの国に住むすべてのエルフが死んでしまうし、人間にも被害が出るかもしれない。

もし俺がこれを止められなくてもほかの五人のエルフたちが何とかしてくれていると願いたいが。

ただこっちの問題点としては……、

「どうするんだ、これ。カッコつけたはいいものの、今の俺じゃこれを止めるのは無理じゃないか？」

確かに過去の俺ならなんとかできたかもしれない。

だが今ここにいるのは残念ながら魔力もセンスもないただの凡人だ。

回復薬を作ろうとして、なぜか若返りの薬ができてしまう訳のわからない人間にすぎない。

過去に知識は確かにあるが、正直だからどうしたというレベルである。

この装置には俺が考案した魔法が使われている？

違うな、過去の俺の魔法だ。

今の俺にはどうにもできない。

情けないがさっきまでの自信はもうどこかへ行ってしまった。

「た、試しにこのボタン押してみるか？」

そう言って目の前にある、他のよりもやや大きめのボタンを慎重に押してみたところ、目の前のパネルに『魔力不適合』という文字とサイレンが鳴り響き、驚いた俺は何歩か後ずさる。

多分押してはいけないボタンだった。

もう心臓はバクバクだし、思わず尻もちをついてしまったのは内緒にしておこう。

だがそんなのんきなことも言っていられない。

何とかしないといけないと思いつつも迫りくるタイムリミットとどうしようもできない不安が俺の心を駆け巡る。

「だけどこのまま終わるわけにもいかないもんな。落ち着け、思考を放棄するな」

深呼吸とともに自分に強気な言葉を言い聞かせる。

多分今回において俺が何とかできる可能性があるのはやはり『すべてのエルフの居場所がわかる魔法』をどうにかすることか。

可能かどうかわからないが、その座標を上手いことずらせれば違うところに光線を誘導できるかもしれない。

……いや、駄目だな。

もし成功したとして、どこに何があるかわからない以上変なところに光線を集めるわけにはいかない。
いっそのことこの装置を破壊するか？
この辺一帯が消し飛びそうだけど、この状況では一番現実的な選択だ。
ヴェルの言う歴史を変えるための犠牲というのが俺らなのかもしれない。
この建物が一体どこに位置しているかわからないが最終手段はそれでいいだろう。
この国に平和が訪れるなら喜んで犠牲になってやる。
そんなことをスミスさんが簡単にやらせてくれるとは思えないけど。
どうする、どうすればいい？
あぁ、もう頭が回らない。
あの時は後ろにヴェルがいたからカッコつけたけどもう駄目だ。
今の俺にはもう何も。
あぁ、なんて俺は弱いんだ。
『あきらめるな馬鹿野郎！』
だが諦めかけていたその時、どこからか声が響いた気がした。
辺りを見渡しても誰もいない。
だけどこの感覚はついさっきも味わった気がする。
この、俺の内側から声が聞こえてくる感覚。
『さっきまでの威勢はどうした、君は俺なんだろ、もっとシャキッとしろ!!』

「だ、誰だお前は？」

どこから聞こえてきているのかわからない俺は、とりあえず大声を張り上げた。

『誰？　さっき闇に染まりかけていた君を助けたのは誰だと思っているんだ』

そうだ、さっき俺はこの声で踏みとどまれたんだ。

この声がなければおそらく俺はヴェルを手にかけていたかもしれない。

でも今はそんなこと関係ない。今更なんだ。

どうしようもできないことに変わりはないのだから。

「誰だか知らないけどもう無理だよ、あきらめよう。他の五人のエルフを信じよう。今の俺じゃ何もできない。世界を変えられない、ルールを、常識を、社会を変えられない。俺がやったことが正しかったのかどうかもわからない」

『ふざけるな！　君は俺なんだ、できないわけないだろう？』

「君は俺？　何をばかなことを」

思わず誰もいない空間に向かって罵声を浴びせてしまう。

その間も機械の向こうからはヴェルとスミスさんがぶつかり合う音が響いてきたが、なぜかどこまでも他人事のように響いた。

そんな中、内側からの声は気にも留めない様子でつらつらと話し続けた。

『なにも間違ったことは言ってないよ。俺は二〇〇年前の君であり、君が作り出したもう一つの人格さ』

「はぁ？　ど、どういうこと？　俺にはちゃんと二〇〇年前の記憶が……」

『言っただろう？　俺は君の作ったもう一つの人格だって』

「だから意味がわから……」

意味がわからない。

そう言おうとしたが頭の中の声にかき消されてしまった。

『君は転生した自分の非力さに絶望して、仕えていたエルフの変わりように驚いて、過去の自分を別の人格として分離させてしまったんだ。だから君は、過去の自分をどこかで別人のように思う時があるんじゃないかい？』

「い、いや、俺はちゃんと過去の記憶があるし、この目で見てきたのは確かだ！　あのエルフたちを救ったのは他の誰でもない俺だ！　だから俺は過去に転生魔法を使って今この世界に転生したんだろ？」

『そうだよ。だけど君は転生前の記憶を取り戻してから、エルフたちと再会しながらゆっくりと俺という別の人格を作っていった。今、君が言った過去にエルフたちに慕われていた、エルフたちを救った英雄である二〇〇年前のフィセルという人格を』

「いや、訳わかんないよ！　何が言いたいんだ！」

『君だってフィセルという男が二人いるということはなんとなく感じていただろう？　過去の優れたフィセルと、今の落ちこぼれのフィセル』

「実際そうだろう？　昔の俺と今の俺は別人だろ？　昔の俺がエルフたちを救って、転生したら魔力もセンスも全部失った状態の新たな俺が生まれたんだ」

『それは違うよ。どっちも同じ人間さ。君はその体で二〇〇年前も生きていたんだよ』

「なっ？」

思わず俺は自分の両手を開き、まじまじと見た。

だけれども、その声の言っている意味がまだわからないままだった。

『それに君が一番わかっているはずさ。君が開発した転生魔法の原理を考えてもみなよ』

「そ、それは……」

『君の開発した転生魔法は、自身を生まれる前まで若返らせて封印して、いつかの未来に無理やり飛ばすというものだっただろう？　そして若返りという言葉に心当たりがあるはずだ。ここまで言えばもうわかるだろう？　君はその体で二〇〇年前を生きていたんだよ。フィセルは二人もいない』

「……君は何者なんだ」

意味がよく理解できないままでいた俺が俯くと、心の中の声は一つ息をついて更に続けた。

『だから俺は、君が作った二〇〇年前のフィセルだってば。君は昔の自分に嫉妬して、憧れて、そして今のエルフたちの邪魔にならないようにと、自分の中にもう一つ人格を無意識のうちに作ってしまったんだ。過去にエルフを救った英雄の自分を。……そして人間が戦争によって敗れ、廃れる原因を作ったこの国の大罪人でもある自分を、あたかも別人のようにね』

「？」

そして不意に戦争という言葉が脳をかすめ、思わず顔を上げた。

『簡単に言うと、君は二〇〇年前の記憶や魔法センスとかを、無意識にまとめて、今のフィセルとは別物として分離しちゃったんだね。そして、「過去の俺ならこう考える」みたいな感じで俺という一つの人格を作っちゃったんだ。それが俺だよ』

「もう何なんだよ！　じゃあなんで今頃急にノコノコ出てきたんだ！」

『それに関してはグエン王子のおかげだね。主人格である君が壊れたおかげで精神が乱れて、俺が君に介入することができた。……あぁ、もう時間がないね。せっかく君が俺を作り出したから、もう少しこの世界を見ていたかったんだけどね。君が気づけないようだから返してあげるよ。本来の君を』

「何を……？」

『二〇〇年前も今も、君は君さ。ほかの何者でもない、君が努力して血反吐を吐くような思いをしながら机に向かって身に付けた頭脳は、センスは君だけのもの』

「ま、まってくれ、まだ消えないでくれ！　よくわからないけど、君は二〇〇年前の俺なんだろ？　俺がやったことは正しかったのか？」

『さあね、どうだろう。結果として君はエルフを救ったけれど、その代償として多くの人間を苦しめた。そのことを忘れてはいけないよ。そしてそのために君がすべきことはもうわかっているだろう？　二〇〇年前も今も君は君。犯した罪も、得たかけがえのない仲間も全部君のものさ。フィセルという男はこの世に一人しか存在しないんだ。もっと自信をもって。あの六人のエルフは君の帰りを待っている』

「まっ!?」

『俺らは二人で一人。そのことを忘れてはいけないよ』

俺は思わず誰もいないはずの虚空に手を伸ばした。

もう声は聞こえない。

だけど心の何かが消えると同時に内側からじわじわと湧き出す何かがある。

なにか大事なものが抜け落ちてしまった気分になるが、さっきまでの不安はもうどこかへ行ってしまった。

そうか、俺はずっと過去の俺を、どこまでも他人のように扱ってきたんだ。

王国の中心にいる彼らの横に立って、一緒に暮らす自信がないから。

そして自分自身が多くの人間を苦しめた発端だということから逃げるために。

もう一人の俺が言うように、俺は記憶を取り戻した時点から、本当に少しずつではあるが昔の素質を取り戻し始めていた。

だけれども、過去に仕えていたエルフとの再会を重ねるごとに、今の自分は彼らにとって不要なのではないかという思いが強くなっていき、彼らと離れる理由を探し始めていた。

そして少しずつ、空白の期間についての推測がついてきた段階で、完全に俺は過去の俺と今の俺を分離してしまった。

過去の自分がやったことだから。と言って無意識に、責任を『過去の俺』に押し付けるために。

そうしないと俺は人間の敵になってしまったことに対する罪悪感で押しつぶされそうだったから。

目からあふれ出る涙をぬぐってもう一度装置に向き直る。

すると、さっきまでとは違い、目の前の機械に緻密な魔法陣が施されているのが見えた。

しかもどこに何が書いてあるのかも全部わかる上に、どこの部分を変えれば今俺がやりたいことが果たせるかも瞬時に理解できた。

どこか懐かしいその感覚に少し笑みがこぼれる。

「ここを書き換えてこれをこうすれば……」

もう時間がないのはわかっている。

だから早くこれを解除しなければ。

今の俺ならできる。

「はっ、はっ、フィセル様……」
「フィセル様をかばいつつも頑張った方でしょうがもうおしまいですね。それにタイムオーバーです。ほら、ご覧になってください元国王様」

もう腹部や脚に何発か銃弾を受けてしまい、横になるのがやっとの中で上を見上げると巨大な機械の最上部にどんどん球状のエネルギー弾が生成されているのが見えた。

あれがこの国にいるすべてのエルフめがけて降り注ぐということでしょうか。

「で、ですが私がここにいるということはあなたも巻き添えになるということでは」

「残念ですが、この建物だけは対象外になるよう魔法が設定されているのです。それに、あなた方は是非とも私のこの手で殺して差し上げたいですしね」

再度上を見上げると、その魔力の激流が波のように機械を通り抜け張り裂けそうにも見える。

そうか、あの人は間に合わなかったのですね。

「何やらまだフィセル様は抵抗しているようですがもう手遅れのようです。ほら、ともにこの腐った世界の終焉のカウントダウンをしましょう。私たちを犠牲にして作り上げたこの国の崩壊の時間です。十、九、八……」

スミスさんが私の手を握り持ち上げる。

あぁ、これはもう駄目かもですね。

後はシズクたちが何とかしてくれることに賭けるしかない。

あの人たちなら何とかしてくれているかもしれない。

やはり私たちは間違っていたのでしょうか。

いやそんなことはない。

そう言い切ってしまえば、今までの犠牲はすべて無駄になってしまう。

「五、四、三……」

この状況を、フィセル様ならもしかしてと思えてしまったのはなぜでしょうか。なぜだかここに来た時、彼ならなんとかしてくれる気がしていたのですがどうやら気のせいだったようです。

「二、一。これで終わりです」

そして機械は巨大な光線を空めがけて解き放った。

その光線は眩く光る火柱のように勢いよく上空に立ち上っていく。

もはや立っていられないほどの振動が部屋の中に響き、窓がすべて割れてあふれ出る魔力で気を失いそうになる。

「そうです、そのまま上空ではじけなさい！　そしてすべてのエルフはこれで……」

もう無理だと下を向いた時だった。

私が心酔する彼の声が聞こえてきたのだ。

「なるほど、だからこの辺りだけ探知魔法から除外されていたんですね。解読完了です」

私がその声の方向に目を向けると、今までと全く雰囲気の違う、いや、かつての雰囲気をまとったご主人様が両手に魔法陣をまとわせた状態で空を眺めていた。

「どうして、どうしてはじけない？　ど、どうなっているのです！」

その声に従い、もう一度機械が出すレーザーを注視すると、ただひたすら空に向かいそのエネル

ギーが果てるまで上空に伸び続けているのが見えた。

行く当てもなくただただ自由な空を目指して。

「な、なぜ……。なぜエルフに向かってはじけない！」

「俺が設定を変えたからです」

ただただ呆然とその火柱を眺めていた男性の呟きに、ゆっくりと近づいてきたご主人様がそう答えた。

「設定を変えた……ですと？」

「はい。この機械にかけられていた『すべてのエルフを探知する魔法』には、この部屋が除外されるように設定されていました。それはもちろん、ヴェルがいるから。除外しないとここにまでエネルギー弾が降ってきてしまいますからね。だから俺はこの魔法の構造を書き換えて、この王国すべてが除外範囲になるよう設定したんです」

私はご主人様のこの雰囲気をどこかで感じ取ったことがある。

そうだ、これはご主人様と最初に私が会った日。

あの汚い奴隷市場で、ご主人様と初めて会った時と同じ雰囲気だ。

「なっ？　で、でもどうやって？　あの魔法を作ったのは過去のあなただ！　今のあなたでは、どうにもできないのではなかったのですか？」

「……できました。どうやら俺にはちゃんと過去の俺の能力が備わっていたらしいです。でも、いままでその事実から逃げてきました。そうしないと、自分の罪の重さに耐えられなかった」

「そ、そんな……」

「だからこれで終わりです。このレーザーがエルフに降り注ぐことはありません」

ご主人様がそう言うとスミスさんはガクッと膝から崩れ落ちてうなだれた。

どうやら本当にこれで終わったようだ。

ように思えた。

「……どこまでも、どこまでもあなたは私のすべてを奪うのですね！」

「っ！　ご主人様!!」

「ならばあなたの命だけでももらいましょう！　それが私の最後の革命だ！」

スミスさんが懐からもう一丁の銃を取り出し銃口をご主人様に向ける。

何とか反応しようと私も足に力を込めたが、先ほど負った傷に激痛が走り足を取られてしまう。

だが銃口のその先にいるご主人様はいつもと違う、いや、言うなれば昔の『奴隷』を見るような悲しい顔でスミスさんのことを見つめていた。

「ヴェル、君は何もしないでくれ。……スミスさん、それであなたの心が晴れるのなら俺は甘んじて受け止めます。だけど一度だけ、俺にチャンスをいただけるのならその銃を下ろしてください」

「チャンスですと？　一体なんのです」

「俺はこの世界を変えるために様々なことをしました。そしてそれによってあなたの日常が奪われたのは紛れもない事実です」

「そうです！　あなたによって私の家族は、自由は、尊厳はすべて奪われたのです！」

「だけど俺はそれでもやってきたことを後悔していません。いや、後悔するわけにはいきません。そうでなければ犠牲になった人たちに顔を向けることができない。だから俺は止まるわけにはいかない。俺らは正義として進み続けるしかないんです。たとえやっていることが悪だとしても」

「……負けた方が悪で、勝った方が正義とはよく言ったものですね。これで私は国家を陥れようとした大罪人、そしてあなたは国を救った英雄なのですからね」

「そうです。だから俺はこの命をもって、少なくとも種族の差で苦しむ人がいない世界にしていきます。どうかその役目を担わせてくれませんか。第二のあなたが生まれないように」

ご主人様がそう言い切ると、この場には沈黙が流れた。

その後、朧げに立ち上がったスミスさんは、唇をかみしめながらご主人様の目を睨みつけ、その首元を掴む。

全く抵抗をする様子も見せないご主人様に、スミスさんは吐き捨てるように言葉を紡いだ。

「とんだ綺麗ごとだ。そんなものが通用するとでも思っておられるのか？」

「通用する、ではなくて通用させて見せます。六人のエルフたちと」

「いったい何があなたをそこまで突き動かすのだ」

スミスさんがそう振り絞るように尋ねると、ご主人様は一度私の目を見て目をつむった。

「初めて見た奴隷市場、用済みと破棄された奴隷たち、そして戦争孤児と出会った記憶です。俺はそれをもう見たくない」

「あなたのその身勝手な行動が、私を、人間をもそうさせたのだ！」

「なら好きなだけ恨んでください。俺はもう逃げませんから。俺たちはヴェルが言ったように、次の世代に未来を託します。俺も当時の人間を許していませんから。そのために俺は大罪人にもなります」

ご主人様がそう言うと、スミスさんは少しあっけにとられた表情を浮かべた後、思わずと言わんばかりに膝をついた。

「ふ、ふふっ……。なるほど、これが覚悟の違いですか。なんだか馬鹿らしくなってきてしまいました」

「馬鹿らしく、ですか」

「ええ。あなたによって私の人生はめちゃくちゃにされ、その報復計画もあなたに破綻させられた私は、一体どうして生まれてきたのでしょうね。ここであなたを殺しても殺さなくても、私も二度と監獄から出られないでしょう。ならば一生をかけてあなたを恨み続ける。それが私の生きる意味なのでしょうか」

「………」

「もし私も生まれてくる時代が違ったらエルフと肩を組んで過ごせていたのでしょうか。今の私にとっては死んでも嫌ですけど」

「そうだと俺は信じています」

「ここまでくるとあなたのその意気込みがどこまで通用するのか、どこで打ち砕かれるのかが少し気になってきました。いやはや、計画がめちゃくちゃにされたのにどこか清々しいのはなぜでしょうか」

「あなたもどこかでエルフと手を取り合えたらと思っていたからではないですか？」

「それはないですね。私は心の底からエルフ、そしてあなたを憎んでいるので」

「そうですか」

「ええ」

スミスさんが笑顔とともにそう言い切ったと同時に後ろの扉が開き、数人の騎士団とともに五人のエルフが入ってきた。

「ここからとんでもなく太いレーザーが出たけどやっぱりか」

「その通りみたいだね。アイナを信じなくてよかったよ」

「なっ？　兄さんだって『俺はこっちだと思うよ（キリッ）』って全然違う方指さしてたじゃないですか！」

「アイナ、空気を読んでくれ。多分そういう感じじゃない」

「ダニングおじさんの言う通りだよ」

「へぇっ？　い、いやそんなことよりも早くだれかヴェルさんに回復薬を！」

「待て！　あのジジイ銃持ってるから迂闊に近づくな！」

「そうだね、もし変な動きしたらあいつの首吹っ飛ばすから」

「まて、ルリ。落ち着け、どうどう」

「私は犬じゃない！」

……まったく、騒がしい人たちですね本当に。

でも、この声が届くということは、すべてをちゃんと阻止できたみたいですね。

なによりです。

そしてその一部始終を見届けたのち、再びスミスさんはご主人様の元へ向き直った。

「……フィセル様、あなたのお仲間は本当に愉快なのですね」

「はい、かけがえのない仲間です」

「その関係を破壊したかったのですが、残念です。これからは監獄の奥底でずっと見守るとしましょう。あなた方が第二、第三の私と戦うところを。あなたの顔が苦しみに染まるその日まで」

「はい、すべて俺たちが阻止します。何度でも」

「そうですか。では最後に一つだけ。私が清々しかったのはあなたという人間に負けたからですよ。……私はこれで失礼します。せいぜいのどかな日常（スローライフ）を」

そう言ってスミスさんは銃を地面に投げ捨てて、自分から騎士団の方へと向かっていた。

こうして私たちの戦いは幕を閉じたのだった。

エピローグ

スミスさんたちと一悶着があってから二週間がたった頃、俺はいつものように朝起きてからまずは二階の小さなバルコニーへと向かった。

心地よい風が扉を開けたとたんに吹きこんできて、俺は思わず目を閉じたが、すぐに先客がいるのがわかり、目を開けると彼女は物憂げに煙管（キセル）を燻（くゆ）らせていた。

「なんだ、ご主人起きたのか。いい夢でも見れたか？」

「シズクか、君も外の空気を吸いに？」

「まぁな。最近は人間に勧められたこれにはまってるんだが、中で吸うと臭いって言われるからな。ここで吸ってんだ」

「なるほどね。……随分と人間と打ち解けてきているんだ。シズクも丸くなったね。最初に会った時とは大違いだ」

「誰の所為だか。っともうこんな時間か、ちょっと私は出かけてくる」

「うん、行ってらっしゃい」

俺はそう言って背を向けた彼女を見送った後、小さな伸びをしてバルコニーを後にし、リビングルームへと向かった。

するとそこには先ほど会ったシズクを除いた五人のエルフが、元気よく朝食を食べている様子が目に入ってきた。

「皆、おはよう」

「おはようございます、ご主人様」

「おはようございます！」

「おはよう、お兄ちゃん！」

「おはようございます、主」

「おはよう。今から朝食を持ってきてやる」

俺が挨拶をすると、エルフたちは元気よく返してくれた。

それは何とも普通の日常で、かけがえのないものだ。


あの事件の後、国王からは、あの光線は国家秘密のプロジェクトで、装置が誤作動したからあのように避難勧告が出たと説明が入った。

もちろん嘘である。

ただ、国家に歯向かった者がいると公に言うわけにもいかないので妥当な対応であろう。

というかシズクとヴェルがそうさせた。

結果として今回の件がほとんど公にならなかったのは事実である。

また、あの後グエン王子の姿を見た者はいないという。

再び彼と相まみえることはあるのだろうか。

また、あれから俺たちの生活は特に変わったりはしなかった。

色々あって一時は衝突したけれど、しっかり過去の話を聞きなおして、胸の中をすべて話して、そして俺たちができることをみんなでやっていこうとなった。

彼のおかげで、俺たちはまたこうして同じ道を歩めるようになったと言っても過言ではない。もし、ただ普通に俺が過去を知っただけだったら、この日常がかけがえのないものだと気づくことはできなかったかもしれないから。

それでも、第二第三の彼はまたいつか現れる。

だから俺たちにできることは、その計画を止めることだ。

犠牲になった人たちのためにも進み続けるしかない。

悪だと罵られても歩みを止めるわけにはいかない。

でも、少しくらいは休み休みでやっていいと思う。

この素晴らしい世界をもっと素晴らしいものにしていくには、ゆっくりとやっていくのが大事なのだから。

後悔するような選択をしないためにも。

俺はこの六人のエルフとまた一歩ずつ進んでいく。

住み慣れた二〇〇年前の家に似た森の中の家で。

ときに真面目に、ときに楽しく。

この人生を賭けて、世界を変えていく。

だからいつまでも、

「いつまでも共に行こう、みんな」

この、六人のエルフたちと共に。

書き下ろしの詰め合わせ

愛の後悔（ダニング）

「そういえば人間とエルフって結婚できるの？」

日差しがきつくなってきた初夏のとある昼食が終わった後、久しぶりに全員がそろった食卓でコーヒーを飲みながら俺は前から疑問に思っていたことを聞いてみることにした。

転生や様々な事件を乗り越えた俺は今、こうしてまた七人、一つ屋根の下で暮らしているわけだが、今なお働いていないのは俺だけだ。

しいて言うなら裏庭の畑作業くらいか。

そんな俺とは違って彼らは今もこの国では有名な、言ってしまえば最強のエルフたち。

浮ついた話の一つや二つくらいあるに違いないとずっと前から疑問に思っていたのだが、彼らは誰一人として、一度も結婚したことがないという。

この話題に関しては何回か質問として挙がっているし、そのたび「いません」と言われるだけに終わっていたのだが、人間とエルフの話は聞いたことがなかった。

確か二〇〇年前は、エルフと人間の結婚はタブーとされていたはずだけど、今俺が生きている二回目の人生は、エルフと人間が同じ立場で生活している。

問題点としては寿命が全然違うのと、子供ができる可能性がゼロに近いことくらいだ。

そして俺が今日まで生きてきた中では、そういった系統の話は耳にしたことがなかった。

学校でも習わなかったし、彼女たちからも聞いたことがない。

だから結構軽い気持ちで彼らに尋ねたつもりだった。

……なのだが全然返答がない。

女性陣は特に下を見てしまっているし、ダニングもなぜだか気まずそうな顔をしている。

いつもは飄々としているバンもなぜか動揺してしまっている。

どうにも困った俺は、とにかく一番近くにいたバンに話を振ってみることにした。

「ね、ねぇバン？　俺変なこと言った？」

「いえ、普通の疑問だと思いますよ。ただまぁ、俺たち大体に刺さっています」

「刺さってる？　なにが？」

「軽く説明しますと、今のこの世の中でもエルフと人間の結婚はタブーとされがちなんです。人間目線だとずっと美しいままの伴侶を見つけることができますが、子供はできません。加えて、エルフは人間を恋愛対象としてみることが少ないですからね。寿命的な観点から見ると。勿論この世界のどこかにはそういった夫婦は存在すると思いますけれど」

「あーまぁ、確かに。子供ができないと種の存続的に問題があるもんね。エルフからしてもそうか」

「わ、私たちはフィセル様をそんな風に思っていないですからね！！！」

「お兄ちゃんは別格だから！」

俺が納得しているとアイナとルリが机を両手で叩き、物凄く主張をしてきた。

多分まだ料理があったなら、皿ごとひっくり返っていたに違いない。

「しかし逆にエルフ目線だと、さっき言ったこともありますが、逆に千年近くあるうちの数十年くらいはそういう風に遊んでもいいかという者も増えてきていますね。若いころの火遊びみたいな感じでしょうか。元々エルフは、一人の相手を選ぶと愛が潰えることはなかったはずなのですが、種族の意識が変わりつつあるようです」

「なんだか急に生々しくなったな」

俺がバンに向かってそう呟くと、他のエルフたちも各々の考えを述べ始めた。

「千年あるのなら、少しくらい人間と遊んでもいいかなというエルフが増えているのは事実です。私が国王をやっている時も、本当にごく少数ですが何件か正式な届け出がありましたから。今ではもう少し増えているんじゃないですかね」

「あー、そんなのあったな。結局相手の人間が死んだらエルフと結婚する奴が多いけど、人間をとっかえひっかえするエルフは見たことねえな」

今度はヴェルとシズクがしみじみと呟いた。

彼女たちは長らくそういう立場にいたからいろいろと思うところがあるのだろう。

「でも君たちは……」

「まっ、私的には火遊びなんかじゃなく真剣にご主人と結婚してもいいけどな。どうだご主人？この人生私と一緒に最後まで過ごさねえか？」

「「シズク(さん)!!」」

シズクの発言にいろんな声が飛び交う。

今発言したのは誰だ?

入り混じりすぎてわからなかったけど「さん」が聞こえたからアイナは確定である。

「そ、その話は一旦保留ってことにしたじゃないですか!」

「うるせえなアイナ、そんなんだからお前は置いてかれんだよ。取るもん取って逃げる。ヒット&アウェイだ」

「な、なんですかそれ!? ヴェ、ヴェルさんもなにか……」

「まぁ、私もいろいろと画策していましたから責めることはできませんね。多分馬鹿正直に何もしていないのはアイナだけじゃないですか?」

「そんな!? ル、ルリは私の味方ですよね……?」

「ん? 私はお兄ちゃんと過ごすための資金とか、そういうのは色々準備はしてるかなー。ちょっとまだわかんないけど」

「そ、そんな……」

「な、なぁ君たちは一体何の話を……?」

「「「フィセル様(ご主人様)(ご主人)(お兄ちゃん)は黙ってて(ください)」」」

「あ、はい。……まさかこんな天気のいい日の昼にこんな雰囲気になるとはなぁ」

「火に油を注いだのは主ですよ」

「そうか……」

そして遂にはバンにまで見放されてしまった。

目の前で繰り広げられる女性たちの攻防を俺は黙ってコーヒーを飲みながら見届けることしかできなかった。

「そういえばなんかダニング今日ずっと黙ってない？」

女性陣の争いがいったん落ち着いた後、俺はまた話を振った。

なんか今日二回目だなこの感じ、と思いながら彼の方を見ると、コップをガチャガチャと震わせながらコーヒーを飲もうとしている巨漢の姿があった。

もちろん口には一滴たりとも流し込まれていない。

「いや、べ、別にそんなわけはあるわけないぞ」

「なんか文章がおかしくない？　どうしたのさ」

俺が話を振ると、ダニングは完全に口を閉じてしまった。

多分こいつ、何かを隠している。

俺は、彼の珍しい一面が見れたのが少し嬉しくてもう少し踏み込むことにした。

「ダニング、君何か隠してない？」

「そ、それは……いや、そんなことはないこともない」

いや、どんだけ嘘下手なんだよ。

だが、その変わっていない不器用さ、生真面目さに少し内側からじんわりとくるものがあった。

「ダニング……、今の君を俺はフォローできないよ」

「そうですね、もう無理です」

「私も無理ー！」

双子＋αからも見放されてしまったかわいそうな料理人。

そしてルリの言い方よ。かわいそうなダニング。

というかちょっと待て、知らないのは俺だけなのだろうか。

「ダニング、ほら秘密はなしだろ？　言っちゃいなよ」

「お前たち楽しんでないか……？　というかみんな当たりが強いんだが。絶対さっきの八つ当たりかなんかだろ」

「そんなことありません。ただいつも私がいじられてばっかりなのでたまにはダニングさんが的になってください」

「そうですね、いいじゃないですか。そこまで隠すようなことでもないですし」

「いや、この話の流れで言わせるか普通!?」

「あっはは！　まぁいいじゃねえかほら、はっやっく、はっやっく!!」

「お前ら………」

ヴェルとシズクにまで言われてしまい、もう何か諦めた様子のダニングは、下を向いた後、少しずつ口を動かして話し始めた。

俺もその話を聞きながらコーヒーでも飲もうと、お代わりを注いでまた口に運ぶ。

「は――――っ、……実は俺はあんたと再会する少し前まで、っていっても三〇年くらい前だが、王都で人間と同棲していた」

「ふーん……、ぶっ！！　ぇぇぇぇぇ、ちょ、待って初知りなんだけど何それ!?」

含んだばかりのコーヒーがすべて霧状となって俺の口から噴射される。

すぐにヴェルが机を拭いてくれたりしたけど、俺はその間も頭の中がこんがらがっていた。


ヴェルが机を綺麗に拭き終わった後、俺らは先ほどと同じ席に着いた。

そして俺は両手を顎の前で組んで問題の彼について言及することにした。

「では、被告人。弁明を聞こうか」

「いやちょっと待て、何だそのキャラは」

「私語を慎め被告人！　これ以上罪を重ねるな！」

「だからちょっと待てって!!　なんだこの状況!?　俺、何も悪いことしてないよな!?」

バンッと机を叩いて周りを見渡すダニングだったが、みんな素知らぬ顔でスルーしている。

なんとこの話、リアルタイムでみんな知っていたらしい。

それはそうか。俺だけこの生活を一度抜けているのだから。

　ただ今はみんな俺側についてくれているみたいである。

「御託はいいから早く話せ。人間と同棲したとかいう話を！」

「いや、特に話すことはない。俺がまだ王城で料理人をしていた時に、仲良くなった人間の女性がいて一時期一緒に暮らしていただけだ」

「どれくらいの年月？」

「三年……くらいか」

「いや、長っ！　おまっ、人間の三年間って相当だぞ!?　なんで別れちゃったの？」

「別に……。向こうの両親がエルフと結婚することを頑なに拒否して、最終的に実家に連れていかれただけだ。それ以来俺はあいつと会っていない」

「そんな……」

　バンは先ほど言った。

　人間とエルフの結婚はタブーとされていると。

　そしてそれは当事者だけが関わる問題ではない。

「もう十分か？　そんな感じで色々諦めて結局俺は今ここにいるってわけだ」

「そんなの……、あんまりすぎるよ。ダニングは悔しくないの？」

　いつの間にかキャラを忘れて、素の俺に戻ってしまっているがもう気にしないことにした。

　俺の胸がチクチク痛んで、そんなことどうでも良く思えてくる。

「別に。仕方がないことだろう。今人間とエルフは共存できているがまだ抱える問題はいくつもある。それに人間同士でも身分の違い、経歴の違いでこういった問題はあるだろう？　今に始まったことじゃない」

　空気が静まり返る。

　確かにそうだけど、あんまりだ。

「私も王城にお仕えしていたので、何度かお会いしたことがありますがいい人でしたよ、ダニングさんも楽しそうでしたし、お似合いでした。元気いっぱいで猪突猛進という言葉が似合うようなお方でしたね」

「アイナは会ったことがあるのか。まぁダニングにはそういう風に引っ張ってくれる人が合いそうだしな」

「それは知らんが、まぁ楽しかったのは否定しない」

「じゃあさ、なんでそんなに割り切れているの？」

　俺はこぶしを握り締めてダニングの方を見た。

　どうしてこの男はもう諦めているような口ぶりでさっきから話すのだろうか。

「無理なものは無理だ。向こうには向こうの事情があるし、俺には俺の。駆け落ちをするべきだったとでも言いたいのか？」

「……でも、シズクとかヴェルの力を使えばできたよね？　彼女たちなら権力があっただろうし、その気になれば何でもできたはずだ」

「まぁ、そうだな。私の手にかかれば個人情報の奪取なんて容易いもんだ、今も昔も」

シズクが腕を組みながらそう答える。

なんて頼もしい。

「じゃ、じゃあなんでその時……」

「でもそれとこれは話が違う。これはダニングが決めたことであって、ご主人が口を出すことじゃねえ」

「な、なんでだよ、悔しいじゃないか。こんな風に種族の壁で打ち砕かれて、俺が目指したのはもっと平等で」

俺はシズクの方を向いて声を荒らげてしまった。

そんな俺の目を見て彼女は冷静に、冷徹に口を開く。

「ご主人は何か勘違いをしている。どれだけ平等な世界を目指したとして、すべてが上手くいくわけじゃねぇよ。ダニングも言ってただろ？　たとえ同じ種族でもこういう問題は起こるもんだ。それをどうするかは外野が口出すべきじゃねえよ。それにご主人がいろいろ言ったところで過去は変わらねえ」

「わかってる、わかってるよ……。でも……、これじゃあダニングがあんまりだ……」

「言っただろ？　もう諦めたって。それに俺と結婚しなくたってお互いは幸せになれる。駆け落ちなんて社会の流れに逆らって泳ぎ続けるようなもんだ。幸せにはなれない」

認めたくないけどすべて事実だ。

そしてシズクが言ったように、俺が口を出していいことじゃない。

ダニングは自分の中でもう完結したのだから。

これじゃあただ駄々をこねる子供みたいだ。

「……ごめんダニング、君の気持を踏みにじるようなことを言って。少し熱くなっちゃった。過去は変えられないのに」

「いや、いい。ここまで言っていなかった俺も悪いしな」

世の中にはどうすることもできないことは山ほどある。

でも、目に見える範囲だけは何とかしたかった。たとえ無理でも。

俺がダニングに頭を下げて拳を見つめていると、凛としたヴェルの声が俺の横から響いた。

「今、そのお相手様はおいくつくらいなのでしょうか？」

「今は……大体六十過ぎくらいか。もうばあさんになってることだろうよ」

「そうですか。でも私は一度会ってみてもいいと思いますけどね」

ヴェルの言葉でみんなの頭に？が浮かぶ。

「ヴェル？　それはどういう……？」

「別に結婚だけがすべてじゃないでしょう？　今会いに行って少しおしゃべりするくらい良いでしように。先ほど言った通り私たちの力があれば特定することは簡単ですし。少し会いに行って、昔に思いを馳せながら語り合う。そんな関係も悪くないと思いますよ」

「だ、だが」

「ダニング、あなたも馬鹿ではないのだからこういう考えは浮かんだに違いありません。でもそういった行動をしなかった。それはなぜです？」

「……俺が行くことによって今幸せな彼女の生活が崩れるかもしれないだろ？　昔の男が会いに来たところで何になるっていうんだ。それに、もう過去の事だ」

「確かに、そうかもしれませんね。ですがあなたはもう少し我儘になっていいと思うんです。この家でもみんなに振り回されて、みんなの期待に応えて、みんなのために。本当のあなたはどこにいるんでしょう。あなたは何がしたい？」

「………………」

「別にもう年老いてしまった彼女に会いたくないというのならそれは一つの答えです。でももう六十を超えているその女性は暇じゃないでしょうかね、私は経験したことないからわかりませんが。本当にあなたが会いたい、もう一度話したいというのなら私はいつでも力を貸しますよ」

「まっ、ダニングの頼みなら私も一肌脱いでやるからよ」

「ふふっ、あなたがどのような思いで今まで生きてきたか、彼女を諦めたかは知りませんが後悔はなさらないように。あの日伝えそびれたこと、渡しそびれたもの、後悔のまま終わっているモノ。人間にはとても短い寿命がありますけど今なら間に合いますからね」

「……わかった。胸にとどめておこう」

　ようやく空気が和やかなものに戻り、みんなの顔が明るくなる。

「それとご主人様？　あなたの熱、私たちに伝わりましたよ。ですがやっぱりまだお子ちゃまですね」

「上手いことヴェルにまとめられちゃったな。やっぱり君達には敵わないよ。よし、じゃあ今日も午後から頑張りますか!!」

俺の言葉に答えるようにして、他のエルフたちも元気よく返事をした。

それから少しあとの事ー。

「ねえおばあちゃん！　見てこれ!!　すごいでしょ、このきれいなお花!!」

「まぁまぁ、綺麗なツユクサの花だこと」

「おにいちゃんともっとつんでくるね！」

「ありがとうねぇ、でも急ぎすぎて転ばないようにね」

王都から離れたとある小さな町に、この日俺は来ていた。

周りを見渡せば自然があふれており、風で花も草も揺れている。

ここに来るのは初めてだ。

シズクからもらった紙を片手に俺はその街の中を抜けていくとやがて小さな小屋に着いた。

ノックするかどうかためらうが、その前に内側から急に扉が開いて子供が二人、飛び出してくる。

「おわっ!?」

「うわぁ！　びっくりしたぁ。おじちゃんだぁれ？」

「俺？　俺は、その……」

なんて答えるか迷う。

だが考えている最中に、部屋の奥の方からもう一人、誰かが出てきた。

「どうしたんだい？　お客さんかね？　……あらま、これはこれは懐かしいお客様だこと」

「顔だけ見れたら十分だ。俺はこれで」

「待ちなさいよ、あなたはいつもそうだったわね。ぶっきらぼうで人をよりつけようとしないで、でも優しくていつも人の事ばかり考えているエルフ様？」

「……」

彼女と目が合って昔の記憶が鮮明によみがえってくる。

嬉しいことも、悲しいことも。

憎んだことも、愛したことも。

「少し話をしようじゃない。どうぞお入り、中には誰もいないから」

俺は一言も発することなく、一歩を踏み出した。

この時、ようやく止まったはずの俺の何かが、再び動き出したような気がした。

肉親の絆（ルリ）

「じゃあ行ってきます!!」

「はい、気をつけてくださいね」

「うん、行ってらっしゃい」

「お兄ちゃん私に頑張れのぎゅーして!!　キスでもいいんだよ!?」

「はいはい、キスは他にいい男見つけてその人にしてもらってね。ほら、今日も頑張って」

お兄ちゃんはそう言って私を優しく抱きしめてくれる。

私はどちらかと言うと力の限り抱きしめてほしいし、抱きしめたいけどいまのお兄ちゃんはそんなに力がないし、私が強く抱きしめた日にはもう全身複雑骨折になってしまうに違いないから頑張って抑える。

この気持ちはそこらの魔物にぶつけよう。

「じゃあ行ってきまーす！」

こうして私は今日も今日とて、冒険者である私を必要とする依頼に向かう。

少し前にお兄ちゃんに話したように、今この世に魔王たる者はいない。

だが魔王は一つとんでもない置き土産をこの世に残していった。

それこそ今私たちが戦い続けている『モンスターゲート』と呼ばれるもの。

そのゲートは突然この国に出現し、魔物を吐き出して消える。

その魔物を倒すことが、今の冒険者の主な仕事だ。

一つ助かることとして、そんな風にして湧き出てくる魔物は言葉を話せないことくらいか。

だから特に罪悪感なく倒すことができる。

あたかも息を吸うように、ご飯を食べるように至極当然のことのように。

「よし、今日のところはこれで終わりね。このあとはギルドに戻って報告してー……」

与えられた場所に出向き、魔物を倒して依頼主に判子をもらう。

そしてもう一度冒険者ギルドに戻って依頼が終わったことを伝え、報酬をもらってあの家に帰る。

すべていつも通りの日常。

もう何年も続けている変わらないルーティーン。

だけど私には一つだけ、あの六人の仲間たちにも伝えていない秘密があった。

私は冒険者ギルドを出てその足で相棒のドラゴンに跨り、王都から少し離れた小さな町へと向かった。

そこは成長スピードが遅いエルフが、成人になるまでの期間を親と過ごす特別区域。

エルフと人間が共存するために設けられた、必要不可欠な絶対領域である。

子供のエルフは親と共にここで人間でいう十五歳くらいまでの期間を過ごし、やがて王国へと旅立つ。

それがこの国の決まりのようになっていた。

勿論王都に行くのは禁止されていないし、あくまで本拠地をここととしているだけだ。

人間と同じ学校に通えるわけではないから仕方がない。

最近は高等学校から合流するという考えが推進されているが一旦は置いておこう。

そしてここには少し大きな病院がある。

いつものように病院で受付を済ませて、もう何回通い詰めたかわからない病室の扉を開ける。

そこには、眠ったまままもう何百年も目を覚まさない母の姿があった。


きっかけは本当に偶然だった。

人間とエルフが完全に手を取り合い、その力関係がついに平等となった頃。

今からは数十年ほど前だったたか。

その時人間の国にいるエルフの書類をあの六人で整理していた時に見つけたのだ。

記憶の片隅に転がっていた母親の名前を。

しかも戸籍や住民票といった書類ではなく、とある病院の記録から。

最初は何のことかわからなかった。

だって私たちは戦争を起こす前に、すべてのエルフを探し出すことができる探知魔法を使ったし、その時母に会うことはできなかったから。

それに今はなき『エルフィセオ』が建国された後も私の母の情報は一切なかった。

じゃあなぜこの時になって初めて母の存在が明らかになったか。

それは私が母のいるところを訪れた時に初めてわかった。

――私の母はもう何百年もずっと死の淵をさまよい続けていたということが。

また、それにより私たちが発動した魔法に引っかからなかったということが。

私が彼女の眠っているらしい病院に駆けつけると、そこには本当にいたのだ。

私の想像の中で今も生きていた母が。


その病院の院長に話を聞くと、なんでも私の母はもう何百年もこの病院に眠っているとのことだった。

まだエルフが奴隷だったときも、戦争中も、院長が何代目になっても。

話を聞くと私の母はとある研究者に買われ、非常にひどい扱いをされたのち捨てられてしまったのを当時のその病院の院長が拾い上げてくれたらしいのだ。

そしてそれからというものずっとこの病院で一種の守り神のように、白く綺麗なベッドの上でずっと夢の中にいるらしい。

なんと栄養を摂取せずとも、ずっと心臓は動き続けているらしいのだ。

だから全く迷惑は掛かっていないと、当時の病院の院長さんは笑ってくれた。

お母さんも私と同じように人間に救われていたのだ。

だけど母をこんな風に動けなくしたのは人間。

そんな母をずっと見守っていてくれたのも人間。

私のことを救ってくれたのも、人間。

私はこの時、正直自分の感情がいまいちわからなかった。

それは今もだけど。

結局私はそんな目をつむったままの母をエルフの病院に運んでもらい、それからは毎日欠かすことなく母の顔を見に来ている。

こうやって眠っていると言ってもエルフは寿命がある。

私は母の年齢がどれくらいかは知らないし、もしかしたらもう二度と目を覚まさないかもしれない。

だけど、光の粒になってまだ消えていないということはまだ心臓は動いているのだ。

「お母さん、今日も来たよ。ほら、綺麗なお花。お母さん確かお花好き……だったっけ、あまり覚えてなくてごめんね。でも私が好きな花だから、きっとお母さんも気に入ってくれるよ」

私は花瓶の水を替えて新しい花を挿す。

もう記憶もあいまいだ。

全部お兄ちゃんたちの生活に上書きされてしまっているから。

「お母さん聞いてよ、今日お兄ちゃんに『キスは他にいい男見つけてその人にしてもらって』って言われちゃった。私なんて恋愛対象にないってさ。はーあ、まぁあの中で私は子供扱いなのは仕方がないけど……、それでも少し悔しいな。お母さんはどう思う？」

　勿論返答なんてない。

　だけれども話すのをやめたくはない。

　もし、私たちが普通の親子だったらこうして今日あったことを、家で待つお母さんに話していたんだろうか。

　今日友達とこんなことあったよ。とか、私の好きな人にこんなひどいこと言われちゃった。とか。

　そしてお父さんとも一緒にご飯を食べながら、今日のことを振り返ったりできたんだろうか。

「今日帰ったらごはん何かなー。昨日は確か魚だったから今日はお肉がいいな。そうだ、お母さんも目を覚ましたら一緒に行こうよ！　ダニングおじさんは昔王城で料理長を務めていただけあって料理の腕は完璧なんだよ！　お母さんも喜ぶこと間違いなし、だよ！」

　途中まで窓を眺めながら話していたが、やっぱり母の顔を見て話したいと思い振り返ってももちろん目が開くことなんてない。

　それが日常。

　いつもと何も変わらない。

「さっきの続きだけど……、お兄ちゃんは私の事恋愛対象として見てないみたいなんだ。それどころかあの三人すら怪しいところだけどね。だから私もいい人見つけることにするよ。でも……、フィセルお兄ちゃんとお母さんが生きている間はちょっと無理かな」

「それにこの時代はまだ、エルフと人間が結婚するなんて御法度。流石にみんなそれはどこか心の中でわかっているんじゃないかと思うんだ。みんなどうするんだろうね。お兄ちゃんは人間ですぐ死んじゃうのに」

「お母さんはどう思う？」

「……わかんないよね。よし、じゃあ私は今日もう帰るね。明日も来るから！」

私はそう言ってお母さんの手を握り、そしてドアへと向かう。

何も変わらない日常。

いつもと何も……。

「…………ル、リ……？」

「っ!?」

私は声のする方を向き、ほぼ光の速さでベッドへと戻った。

その風圧で周りの物が吹き飛ばされたがもうどうでもいい。

お母さんが目覚めた。

「ちょ、ちょっと待って！　すぐお医者……」

「ル、リ……。あなたは、好きな……人が……いるの？」

何百年も何も食べずに眠っていた人がどうして突然目覚め、こうして会話ができているのかわからないけれど、お母さんが生きていることに間違いはない。

はやく何とかしなければと思考を巡らせ最善策をはじき出そうとしたが、私はなぜか悟った気がした。

今ここで私がすべきは医者を呼ぶことではない。

「おかあさん！　そうだよ、いるよ！」

「じゃ……あ、がんばら……ないとね。おかあ……さん、おうえん……してる……」

「お母さん!?　まって消えないで!!　ずっと私のそばにいてよ！」

「ふふ、……もう、ルリは……、立派な……大人。私は……過去の人に……なる……べき」

「いやだいやだいやだ！　そ、そうだ！」

そして私は思い出した。

お兄ちゃんが開発した完全回復薬がカバンの中に入っている。

「お母さん待って、これ飲んでお願いだから！」

「最後に……、あなたと話せて……よかった。最愛の……私の……娘。がん……ばるのよ」

「お母さん！！！！！」

私の叫びも虚しく、目の前のヒトが光の粒になって消えていく。

ただの日常、いつも通りの日常であるはずだった日。

私は物心がついてから初めて母と話して、そして失った。

カバンから取り出した回復薬の瓶だけが、大声で泣きわめく私の横で虚しくベッドの上に転がった。

結局あの後病院の先生に話して、あの部屋を空けることになった。

空けることになったと言っても私があそこに持ち込んだのは花瓶くらいだし特に時間はかからなかったけど、ただひたすらに悲しさだけが残った。

もっと早く回復薬の存在に気づいていれば助かったんじゃないか、あのとき本当は先生を呼びに行くべきだったんじゃないか。

そんな思いが私の胸を締め付けた。

「はぁ。……これからどうしよう」

今の私には帰る場所がある。

だけど、なんだか帰る気にはなれなかった。

何となく心にぽっかりと開いた虚無感がずっしりと私にのしかかり、足の動きを鈍くする。

だが外のベンチでうなだれているそんな私の事なんて露知らず、ポケットに入れてある通信式魔法具がけたたましく鳴り響いた。

電話の相手はお兄ちゃん。

いつもなら鳴ってすぐに電話を取るところなのだが、どうしても取る気にはなれなかった。

スイッチを押さず、ただじっと鳴り響く魔法具を見つめる。

空気を読まず、ただひたすらに音を吐き出し続ける魔法具。

だけど少し、自分の中でも罪悪感か何なのかよくわからない感情が生まれてしまい結局長いこと鳴り響き続けていた魔法具を耳に当てた。

「……はい」

『あっルリ？　どうしたのさ、もう夜だよ？　今日は帰ってこれない？』

「……わからない」

『そっか。……ルリ何かあった？　朝の元気がないよ』

「特に、大丈夫だよ。ただちょっと疲れただけ」

『そうか、任務お疲れ様。頑張れた？』

「…………うん」

『頑張ったね。……みんな待ってるよ』

プツン。と通信が途絶えた。

ふふ、今日のお兄ちゃんの感じだと完全に私が落ち込んでいることばれてるな。

いつもとは対応が全然違う。

お兄ちゃんの誉め言葉に、心をここまで動かせない私もいつもと違うけれど。

『待ってるよ』か。

そうだよね、私には帰るべき場所があるもんね。

「ほんっと、お兄ちゃんはずるいなぁ……。私が欲しい言葉をすぐにくれちゃうんだもん」

私の震える両の掌にある魔法具を握り、目の前に持って行く。

もう涙がいつから溢れていたかわからない。

病室であれだけ泣いたのにまだ出るか、私の涙。

お母さん、今の私は頑張れてるのかな？

お父さん、今の私はみんなを守れるほど強いかな？

お兄ちゃん、私が頑張ったら私の事を一人の女性として認めてくれるのかな？

「そうだよね、頑張らないと何も始まらないよね。私には帰る場所も、守りたい人も好きな人もいるんだから。うじうじしてるのは、私らしくないもんね！」

『じゃ……あ、がんばら……ないとね。おかあ……さん、おうえん……してる……』

お母さん、私頑張るよ。

頑張ってお兄ちゃんを振り向かせてみせるよ。

せっかく最後に話せたんだもんね。

「お兄ちゃん、帰ったら覚悟しててね！！！！！」

私は星に包まれた空に向かって、腹の底から叫んだ。

望みのない恋（バン）

△月◇日。
この日は俺の大切な人の命日だ。

俺と妹を暗闇から解き放ってくれたかけがえのない恩人、ではなくもう一人の人間の。

俺はこの日に、雨が降ろうが嵐の日だろうが必ず二つの場所を訪れるようにしている。

一つは彼女の灰が眠る場所、そしてもう一つは彼女が愛した場所。

俺はもう何年目の命日かわからないこの日も、一輪の花を添えに二つの場所を訪れていた。

カチャン、カチャンと主、そして彼女を守るために幾度となく振るった黒色の剣が鞘の中で僅かに揺れ、俺の歩調に合わせて小気味良く鳴る。

もう何百年と使っているが、一向に切れ味の悪くならない剣。

かつて俺とアイナが生まれ育った小さな村の長老から授かった、代々引き継がれてきた村の宝物であり、相棒だ。

そしていつもその剣が握られている俺の手には、彼女が愛した花が握りしめられている。

主を守るための騎士とは似ても似つかない、可愛らしい花だ。

更にはいつもはネックレスのように首から下げている指輪を、この日だけは右の薬指にはめて。

そのまま歩くこと数刻、俺が最初に訪れた場所、彼女の愛した場所についた俺はそんな薬指を手で包みながら、そこから見える景色を見渡した。

俺が今立っているのは、森の中に聳え立つ崖の上。

俺は森を吹き抜ける風を一身に受けながら、彼女と過ごした過去に思いを馳せた。

もう二度と会うことのできない彼女との思い出に。

彼女と初めて会ったのは、主が亡くなってからおよそ四〇年が過ぎようとしていたころか。

エルフの地位を取り戻すために、戦争という手段をとることに決めた俺たち六人のエルフは、この頃になるとそれぞれの役割を全うしていた。

ヴェルは主が開発した『人間の姿になる薬』を服用しながら、王都で商人として活動していた。

表向きは主の妻という立ち位置であった彼女は最終的に、王都でも有名な女商人になり魔法具、魔法薬、魔法書の製造メーカー単独トップ、剣や盾などの製造の中枢を担い、国王に伯爵の位をもらうまでになっていた。

ヴェルがいつの間にか貴族になっている間に、シズクとダニングは他種族との同盟の締結や王国を裏から掌握するべく情報の収集などを行い、アイナはルリの剣の指導やヴェルやシズクたちの護衛を行っていた。

そして俺ことバンは、ヴェルと同じように『人間の姿になる薬』を服用して、王城および王族を守るために設立されていた、騎士団に潜り込んでいた。

エルフという素性を隠して、見習い騎士という形で王城に潜入したのだ。

見習い騎士から、王族直近の護衛として抜擢されたのは入団してから一年も経たないくらいだったか。

この時の騎士団の中では一番騎士としての能力はあったであろうし、覚悟もあった。

だからこそ、このように王族の根元まで潜り込めたのは計画通りと言えた。

そしてそのまま俺は、王国における第一王女の直属の護衛につくことになり、主に続いて二人目の人間に仕えることとなったのだ。

「あなたがバンね。よろしく、私は●○よ」

初めて会ったときに彼女が笑いながら俺の手を優しく包んだ時に感じた温もりは今でも覚えている。

王女様の直属の護衛となってからの日常は、非常に楽しいものだった。

彼女は王女とは思えないくらい非常に好奇心旺盛で奔放な生き方を好み、何度頭を抱えさせられたか。

少し目を離しているうちに城を抜け出し城下町の散策を始め、他国の視察に行ったときにはそこら中を満面の笑みで走り回った。

　俺はヴェルが用意した計画を実行すべく、王女様からは少し距離をとって接する予定だったが、彼女はものの見事にその壁をぶち壊し、彼女に振り回されながらもその生活をどこか楽しんでいたのかもしれない。

　彼女の護衛になってから二年がたつ頃には、俺の中での彼女の存在は、主と負けず劣らずのものへと肥大化してしまっていた。


『早く早く！　急いで、バン！　凄いわ、ハイホルン王国ではあんな魚見たことがない！』

『お、お嬢様お待ちください、はしたないですよ！　もっと周りの目を……』

『はしたない？　ふふ、そんなもの好奇心の前では目障りでしかないわ。ゴミ箱に入れて燃やしてしまいなさい。ゴミゴミ～♪』

『いや立場をお考えください、お嬢様！　ちょっ、後でお叱りを受けるのは私なのですが!?』

『バンは真面目すぎなのよ、もっと私のように柔軟になりなさいな』

『お嬢様が奔放なだけですって！　王女としての自覚をもっと……』

『あーあーあー、何も聞こえなーい。そんなに止めたかったら私を捕まえてごらんなさいな、ほーらほら。私の騎士は、主人を捕まえることもできないのかしら』

『あーっ、もう！！！』

　俺が彼女との思い出に身をゆだねていると、かつて彼女と二人で視察に行ったとある外国でのやり取りが鮮明な声と共に湧き出てくる。

そう、彼女はいつもこんな感じで自由に生きていた。

まるで何かに縛られることを拒むように。

多分俺は彼女に、当時いなかった主の事を重ねて見ていたのかもしれない。

あの人の雰囲気はどことなく主に似ていたから。

そういえばそうだった。

何も考えていないようで本当は誰よりも周りの事を想っていて、かと思えばたまに子供のような振る舞いを見せて。それでも太い芯があって。

かつて彼女は一度、珍しく真面目な顔で呟いたことがある。

『もし私が国王になったときは、不平等を全部なくしたいわ。一度エルフの奴隷市場を見学に行ったことがあるけど……、あれはなくした方がいいわね。この国が生み出した負の産物よ。私一人では流石にどうしようもできないけれど、バンはどう思う？　何か私にできることはあるかしら』と。

俺はそんな彼女に、無意識に惹かれ始めてしまっていたのだ。

俺が命を賭して守ると決めた主と重なってしまう、あの人。

だが、その関係は突如としてあまりにも簡単に終わりを迎えることになった。

『バン、あなたは自分の役目を忘れたのですか？』

他のエルフたちの準備がすべて完了し、戦争がついに始まってしまったのだ。

俺は王城で仕えながら、王家の内情や王城の設備など、ありとあらゆる情報をヴェルに流していた。

そしてヴェルからは、俺の役目を伝えられていた。

戦争が始まったら、国王以外の者をすべて殺して戻ってこい。と。

ヴェルは俺が王女に仕えていることは知っていたが、俺が彼女に惹かれているということは知らなかった。というか言えなかった。

他のみんながただ一つの目標のために動いているのに、一人だけ女にうつつを抜かしていたなどと言えるわけもなかった。

もしあの時、ヴェルに事前の報告をできていたら少し未来は変わっていたかもしれない。

だが、計画が動き出し俺たちが仕掛けた爆発魔法によって、王都全域が火に包まれた時にはもうそんなことを言っていられなくなってしまっていた。

王都が混乱の渦に飲み込まれ、騎士団がその騒ぎを食い止めるために動き始めた時、俺は王女様と二人きりだった。
俺は彼女を殺さなければならない。
俺の目的は『主の望んだ世界を作る』ことだったから。

彼女と共に過ごす未来ではない。

俺がともに歩むべきは、目の前の女性ではなく五人のエルフとただ一人の青年だ。

そう覚悟を決め、彼女を守るために常に携帯していた漆黒の剣を手に取ると、彼女はこちらを振り向き今までにない表情でこちらに微笑みかけていた。

「バン、ついに本当の姿を見せてくれるのですね」

「……いつから気づいていたのですか。どうして気づきましたか？」

俺は思ってもみなかった展開に思わず声が上ずってしまったが、彼女はいつも通りの口調で他愛もない話をするような口調で俺に告げた。

「いつからかは覚えていないわ。なんとなくよ。でも、あなたが思うよりもずっと前からわかっていたわ。これからどうなるのかも」

もう炎がそこまで迫ってきている王城内で、彼女は暑そうに髪を払った。

俺はそんな彼女の仕草を見て、ポケットから小さな瓶を取り出して口に流し込む。

するとすぐに耳はエルフ特有のとがったものへと変化していき、彼女はそれを見てまた満足そうに頬を緩めた。

「それで、私をどうするつもり？」

「命を頂戴したく思います」

口ではいつもの冷静な口調でそう言ったものの、愚かな俺の脳内は別のことに思考が巡っていた。

どうにかして彼女を逃がすことはできないか。

その思いで頭は一杯だった。

一応これまでに無計画だった訳ではないし、逃走経路も用意はしてある。

しかしヴェルに見つかればすべてが終わりだ。

彼女は、今回の戦争において少なくとも王族は根絶やしにしなければまた牙をむかれると主張しており、一人たりとも逃がすことを許さなかった。

そんな緊張の中俺が言葉を選んでいると、彼女は俺の手を取り何か小さなものを一つ、俺の掌に握らせた。

「バン、あなたは転生が可能であると思いますか？」

「思いません。でも……、信じてはいます」

未だ転生魔法の夢半ばで待ち焦がれている一人の青年を思い浮かべながら、掌を確認するとそこには指輪が一つ、中央に転がっていた。

「もし、今あなたに逃がされても私はあなたと共に歩めない。そんな人生御免だわ。だからね、バン。私を殺して頂戴」

俺はその指輪を見て思わず顔を上げると、背伸びをした彼女が俺の頭の裏側に手を回し、その柔らかな唇を俺のそれに重ねた。

俺が抵抗することなく、手に持っていた漆黒の剣を地面に落とすと、彼女はゆっくりと俺の唇から離れていき、少し距離をとる。

「私はあなたが好きよ。誰よりも強くて、私を守ってくれて、私の自由さに付き合ってくれたあなたが。たとえあなたがエルフだったとしてもこの思いは変わらないわ」

俺も好きです。

その言葉を紡ごうとしたが、言葉として発されることはなく目に見えない何かでせき止められてしまう。

「だけど、この世界では私たちの運命がこれ以上交わることは許されない。だから私は来世に賭けてみたいの。寿命の長いあなたなら、私を見つけてくれるでしょう?」

「●○様、俺は。俺は……」

俺は情けなくも流れてきた涙を手で押さえながら、ゆっくりと地面に転がる剣を拾いなおした。どこまで俺は馬鹿なのだろうか。こうなることはわかっていたはずなのに、失うとわかった瞬間にすべてが怖くなる。

「時間がないのでしょう。……もし私がエルフに生まれていたらこんな思いはしなかったかしら。いや、私が人間だったからこうして会えたのかもしれません。それも運命です』

にじむ視界を手でかき分け、俺は許されないとわかっていながらも愛してしまった一人の女性のことを見据えた。

そんな彼女の目には、主と同じ決意の火が灯っていた。

「バン。……愛しの我が騎士（ナイト）よ、もし生まれ変わることができたら私は、私は……」

「あなたと共に」

「私も、あなたを愛しています」

俺は彼女の目から視線を外すことなく、なるべく苦しむことのないようにと、その火を断ち切った。

その後、彼女の遺体を燃やし、その灰を集めた俺はすぐに当初の予定通りヴェルと合流して何事もなかったかのように王国のすべてを蹂躙した。

それから先は主も知っている通りの軌跡をたどった。

決して許されることのない道をたどってきた俺たちだったが、その罪を償いながら未来へと希望を託そうと今を生きている。

それでも俺は、別の希望を捨てられずにいた。

俺はいつになったらあの人の事を忘れられるのだろうか。

何年経ってもまだ忘れることができない。

あともう一〇〇年もすれば薄まるだろうか。

主がこうして転生に成功したことで嫌でも思い知らされてしまう。

転生できるのはあの魔法を使うことのできた主だけだと。

でもどこかで希望を持ってしまう。

もしかしたら彼女も、何らかの奇跡で転生できているのではないかと。

自分でもわかっている、そんなことは起こらないことぐらい。

ただ今日だって思い出の場所に訪れただけで、ここにあの人がいるような気もしてくる。

そして俺は馬鹿だから、いつまでも彼女の幻影を探してしまう。

『あなたと共に』

彼女の言葉を真に受けて。


その後俺は彼女の灰を埋めた場所に赴き、花を添えた後王都へと向かった。

王都の喧騒はいつもと同じように俺を包み込み、それが平和の証明であることに俺は少し笑みがこぼれた。

あの炎で包まれた王都とは大違いだ。

すれ違う者たちは誰もが嬉しそうな顔を浮かべて、近づいては去っていく。

これが主の望んだ世界。

「はしたない？　ふふ、そんなもの好奇心の前では目障りでしかないわ」

そう思いながら足を進めると、去り際に記憶のどこかに引っかかる声と共に、なぜかその言葉だけが浮いて聞こえてきた気がした。

思わず振り返るも、もうその声は王都の賑わいに飲み込まれていきどっかへ消えてしまった。

「違うってことくらい、わかってるさ。でも、今のこの世界なら俺はあなたと……」

俺は自分自身に言い聞かせるようにそう呟いて、仲間が待つあの森の中の家へと歩みを進めた。

この命、捧げるか燃やし尽くすか（アイナ＆シズク）

「おはようございますシズクさん。今日は家に残る日なのですね」

金色の髪をほどきながら、碧眼のエルフは彼女が一つ屋根の下に暮らす一人のエルフに向かって朝の挨拶をした。

すると、声をかけられた黒髪のエルフは、瞳だけそのエルフの方に向けてから、またすぐに彼女の持つ新聞の活字の世界へと戻った。

「まぁな。またすぐ戻るけど」

「いつもありがとうございます」

「それが私の仕事だからな」

金髪のエルフは、その返答を聞くと一度厨房へと赴き、彼女のために用意された料理の載ったトレイを手に持ち再びリビングへと戻り席に着く。

「私はもう、役目を終えてしまいました」

世間話というには少し重い口調で彼女はそう呟く。

「これからどうするんだ？　騎士団長辞めたら暇なんじゃねえのか？　結局ほぼ毎日王城に行って

るじゃねぇか」

「そうでしたけど、もうやめにしようかと。だから今日は家に残るんです」

「なるほどな」

黒髪のエルフは少し驚いた表情を見せたが、すぐにコーヒーに口をつけ、いつも通りの表情を取り戻した。

脳まで筋肉でできているお前から剣をとったら、いったい何が残るんだ。

そう言いかけて彼女は言葉を飲み込む。

そうだ、私たちには今、あの人がいる。

「でも、それにしたって暇になるだろ。ご主人と一緒に無職を満喫するつもりか？」

「はい」

「それをご主人が望むのかねぇ」

「……」

少し意地悪になってしまうのは自分でもわかっていたが、黒髪のエルフはあえてその言葉を選び、口にした。

彼女たちは、とある人間が転生するまでに彼の望んだ世界を作り上げることただそれだけを目標に今まで生きてきた。

そしてあくまで自己採点ではあるが、ほとんど成功したと言えた。

勿論許されないこともやってきたし、それが彼との衝突にもつながったが、今となってはその出来事のおかげでまた再び一緒に暮らせている。

いつまでも秘密のままでもよかったのかもしれないが、今となってはすべてを知られてよかったのかもしれない。

だが、今の彼女たちはその目標を失ってしまっていた。

王国のさらなる発展のため、そして犠牲が無駄にならないために進み続けることを諦めるつもりはないし、現に黒髪のエルフは今でも裏から王国を見守っているが、それでも前よりも明確な『理由』が薄れてしまった。

転生したご主人に、生まれ変わった世界を見てもらう。

それがすべての目標だった彼女たちにとっては。

そして、彼は彼がエルフたちの足枷(あしかせ)になることを拒んだ。

今でこそ彼は、昔のような魔力を取り戻し、ヴェルやダニングと回復薬の発展に勤しんでいるが、すでに王国の中核を担っていた、黒髪のエルフや金髪のエルフの離脱は今でも好ましく思っていないだろうことは容易に感じ取れる。

「これは私の我儘です。私は少しでもフィセル様と共に生きたいんです」

「じゃあ、ご主人が死んだらどうすんだよ。多分ご主人はもう転生魔法を使う気はねぇぞ、できるかどうかは別だけど」

「私は後を追うつもりです」

だが、今度の発言に黒髪のエルフは流石に予想もできておらず、思わずコーヒーカップを机の上に落とした。

パリンという音と共にコーヒーカップは砕けて散ったが、もうその事はずっと過去のことに思えるほどに二人はお互いの目を見続けていた。

「お前は馬鹿か。そんなモン、ご主人が望む訳ねぇだろ」

「わかっています。皆さんには秘密にしてください」

いつもとは違う雰囲気の彼女に、赤目のエルフは思わず怯んでしまうが、それでも彼女を止めねばと言葉を振り絞った。

体術でも、剣術でも恐らく魔法でも目の前のエルフには絶対に勝てない。

でも、これは止めねばならない。

そう本能が泣き叫んでいた。

「……どうしてだ」

そんな心境で出た言葉はなんとも情けない声であったが、それを聞いた彼女は柔らかい笑みを浮かべて目を閉じた。

「私は、フィセル様と出会うずっと前、まだエルフだけの国があったときに好きだった絵本があるんです。その本の主人公はとても強い騎士で、相棒の馬がいたんです」

「それで、騎士が死んだときにその馬も後を追ったとでも言いてぇのか？」

「はい。戦争で敗れた主人の死体に覆いかぶさるようにして、何も食べることなく飢餓で死にました」

「私には理解できねぇな。そんなもん美談でもなんでもねぇよ。それを主人が望んだのか？」

「望んでいないと思いますよ。でも、馬は主人と共に果てることを渇望しました」

「……随分とお前もわがままを言うようになったな」

黒髪のエルフがそう言うと、もう片方のエルフは嬉しそうに再び目を閉じて口角を上げた。その姿はまるで慈愛に満ちた女神のようだったが、口に出して表現するのはやめて黒髪のエルフは口を噤んだ。

「皆さんのおかげです。この生活は私にとってかけがえのないものです。でも、どうしても私はフィセル様がいない世界を、もう一度生きたくはありません。私はフィセル様だけの騎士です。もう一度フィセル様に会えるかも、と心を躍らせて生きるのにはもう疲れてしまいました」

彼女の言う物語で、その馬は幸せだったのだろうか。

それは誰にもわからないが、少なくとも今目の前のエルフは同じ感性を持っているだろうと赤目のエルフは喉を鳴らした。

私には、理解できない。と言わんばかりに。

そして彼女は、恐らく兄の事を想って今の発言をしたのだろう。

未だ過去にとらわれ続けている、双子の兄のことを想って。

「私はこの王国を守るために生き続ける。それが私たちのしてきたことへの贖罪だからな」

「私も勿論、この命が果てるときまではそのつもりです。でも、死ぬときだけは譲れません。シズクさんはどうするのですか？　フィセル様が亡くなった後はどうするつもりなんですか」

「さぁな、考えたこともねぇよ。でも少なくとも後追いだけはしねぇ」

そして彼女はそう吐き捨てて、ようやく先程零したコーヒーに不快感を覚え、それを拭き取るための布巾をとるために洗面所へと向かった。

するとそこには銀髪のエルフが、いつもの調子で洗濯を行っている姿が視界に入った。

「あら、珍しい」

彼女はそれだけ言うと、綺麗な真っ白な布を黒髪のエルフに渡した。

それを受け取ると、彼女は布から目を離すことなくポツリと呟いた。

「お前は、ご主人が死んだらどうする？」

「死ぬ前に転生魔法を使え、と脅しますかね」

「どうしても使わなかったら」

「さぁ。でもまぁ、後追いはしませんね。その時に考えます」

まるで先ほどのやり取りを聞いていたかのような発言に黒髪のエルフは驚いたが、そういえばこいつはそうだったたな、と頭を掻いて大きく息を吐いた。

「どうしてこうも、うちの女エルフどもは面倒くさいのか」

「それは自分のことをおっしゃっていますか？　本当にあなたは見かけによらず一番女々しいですね。一番女の子らしいです」

「アイナが覚悟決まりすぎなんだよ」

「何と言ったたって騎士ですからね。死については、色々と思うところはあるのかもしれません」

「ご主人も大変だな」

「全くです」

「シズクさん、食器は片づけておきました！」

銀髪のエルフと黒髪のエルフの会話が始まったところで、二人が思い浮かべていたエルフが元気よく入ってきた。

それからは先ほどの雰囲気はどこに行ったのやら、三人で他愛もない話で盛り上がり、いつも通りの日常が取り戻っていった。

フィセルという人間が望んだ、何の変哲もない平和な日常へと。

「……え、なにこのリビング。コーヒーぶちまけられてるんだけど、事件の香りがするんだけど!?そしてなんで誰もいないの!?」

そして何も知らないフィセルは、残されたリビングを見てそう叫ぶのであった。

あとがき

お久しぶりです、破綻郎です。まずはこの場を借りて、1巻から引き続きイラストを描いてくださった植田亮先生、様々なサポートをしていただいた編集の古里様、この本の出版のきっかけを作ってくださったアース・スターノベル様、Ｗｅｂ版の時から応援してくださった皆様、そしてこの本を手に取って頂けた皆様に心よりの感謝を申し上げます。本当にありがとうございます。

この度、あとがきという場を頂いたので少しだけこの小説について振り返ってみようかなと思います。一部この本のネタバレを含みますのでご了承ください。

実は今回のこの小説の作業を進めていくうちに、丸々すっぽり引っこ抜いた部分がありました。文字数で言うとおおよそ一万五〇〇〇文字くらいでしょうか。そのくらいの部分を削除しています。Ｗｅｂ版の方ではそちらを上げていましたので、もしかしたらお気づきになっている方もいらっしゃるかもしれません。

それは、およそ二〇〇年前にエルフがいかにして独立したかの過去編です。具体的に何をしたかをここに書いてしまうと物語の重要なネタバレになるので避けさせていただきますが、一章分を使ったモノが別に用意されていました。

最初の方はこの部分も入れようかと思っていたのですが、非常に重く、別に無くても話は問題なく進むことから抜くことにしました。もし、この書籍の方から私の小説に興味を持ってくださった方がいらっしゃいましたら、一度「小説家になろう」様を訪れていただければ嬉しい限りでございます。

一応自分の中ではこの書籍で一段落がついておりますが、もしまた続きを見る機会がありましたら、その時はよろしくお願いいたします。

ここまでお付き合いいただき、本当にありがとうございました。

破綻郎

ありがとうございます!
RYO.2021.9

最強エルフたちと送る最高のスローライフ ～転生した200年後の世界の中心にいたのは、かつて俺に仕えていた6人のエルフでした～　2

発行 ―――― 2021年10月15日　初版第1刷発行

著者 ―――― 破綻郎

イラストレーター ―――― 植田亮

装丁デザイン ―――― 舘山一大

発行者 ―――― 幕内和博

編集 ―――― 古里学

発行所 ―――― 株式会社アース・スター エンターテイメント
〒141-0021　東京都品川区上大崎 3-1-1
目黒セントラルスクエア　7F
TEL：03-5561-7630
FAX：03-5561-7632
https://www.es-novel.jp/

印刷・製本 ―――― 図書印刷株式会社

ISBN 978-4-8030-1569-0